徳間文庫

問答無用

鬼は徒《あだ》花《ばな》

稲葉稔

徳間書店

目次

第一章　無宿牢

一

暗い夜であったが、かすかに白い波頭が見える。

そんな海に、二艘《そう》の舟が漕ぎ出された。舟行灯《ふなあんどん》が舟の揺れに合わせて動く。眼前には黒々とした闇が広がっているだけだ。

舟は二艘とも、俗に〝荷足《にたり》〟といわれる長さ五間ほどの小型舟であった。文字通り荷を積む舟なので、その二艘にも積み荷があった。荷は金である。その額、二千両。

舟が出航したのは、渋谷川が途中から名を変える新堀川の河口、芝金杉《かなすぎ》裏一丁目にある小さな船着場であった。

乗船しているものは、船頭を入れて七人。みんな口を閉ざし、闇のなかで黒くうねる波を凝視していた。舟にぶつかってくる波が、飛沫となって男たちの顔を濡らしていた。

むせび泣くような風が吹いていた。

「あんまり沖に出るんじゃねえぞ」

舟梁《ふなばり》につかまっている男が、船頭に声をかけた。

「へえ、わかっておりやす」

頰被《ほおかぶ》りをした船頭は、櫂《かい》を動かしながら手鼻をかんで、舟の向きを変えた。蛍《ほたる》のような薄明かりが闇のなかに点々と浮かんでいる。

芝田町の町屋の明かりだろう。

舟は横波を受けながらゆっくり南下していった。

その頃、芝金杉通一丁目の大店《おおだな》、大月屋《おおつきや》という米問屋の裏を通りかかった番屋（自身番）の夜廻りが、同店の勝手口が開いているのに気づいた。

カタカタ音がするので、夜廻りが提灯《ちょうちん》をかざすと、半開きになった勝手口の戸が震えるように動いていた。夜廻りは当直《とのい》の番人と店番だった。

「おかしいな……」

首をかしげたのは番人のほうだった。若い店番が半開きの勝手口に行き、提灯をかざし、おそるおそるのぞき込んだ。

大月屋はこのあたりでは群を抜いて大きな米問屋で、付近の大名屋敷をはじめ増上寺界隈《かいわい》の寺院との取り引きが多く、五十人を超える使用人を抱えていた。

若い店番は提灯をかざしながら、店の裏庭に目を凝らしていった。

「何かあるかい？」

「………」

番人に聞かれた店番は返事もせず、視線を裏庭に這《は》わしていたが、外《はず》れている一枚の雨戸に気づいた。

「時助《ときすけ》さん、妙ですよ」

「なにがだい？」

「雨戸が開いてます」

「暑いから開けてんだろう。何しろ今夜はいつになく蒸し暑いからな……」

実際、時助はじっとりした汗をかいていた。脇にも粘るような汗が流れていた。

「風通しなら、一枚だけってことはないでしょう」

「一枚でも開けてりゃ風が通って涼しいもんだ」

時助は能天気なことをいう。

「でも、不用心に勝手口が開いていて、雨戸が一枚って妙じゃありませんか」

「そうかい」

そういった時助は店の裏庭に入った。

「勝手に入っちゃまずいんじゃないですか」

「おめえが気になることをいうから見るだけだ」

時助は開いている縁側の雨戸のそばまで行って振り返った。

「おれひとりじゃなんだ。斉吉《さいきち》、おまえさんもこっちに来な。あとで、おれひとり説教食らったら割が合わねえからな」

「……まったく」

時助は斉吉が庭に入ってきたのを見てから、開いている雨戸から屋内をのぞき込んだ。真っ暗闇で何も見えない。

「……静かだな」

「そりゃみんな寝てるんでしょう」

斉吉も声をひそめて、屋内をのぞいた。何も見えない。鼾《いびき》も寝言も聞こえない。

「明かりもないですね」

斉吉がいった。

こういう大きな店には普通、廊下に常夜灯がつけてある。

「帰ろう。盗人に間違えられたらことだ」

そういって時助は後戻りしようとしたが、草履《ぞうり》がぬるっと滑った。蛙《かえる》か蜥蜴《とかげ》でも踏んづけたかと思って、提灯で足許を見た。黒々とぬめる油みたいなものが広がっていた。

「……？」

なんだろうと思ってよく見たとたん、ごくっと生つばを呑《の》み込んだ。

「斉吉、血じゃねえか……」

「血……」

斉吉の提灯と合わせて地面を照らした。血だった。

なぜと、二人は同時に声を漏らして顔を見合わせ、もう一度開いている雨戸に提灯をかざした。と、縁側の廊下に横たわっている女が、提灯の明かりに浮かんだ。寝間着がはだけ、白い胸に血糊《ちのり》がべっとりついていた。

時助は、あわあわと言葉にならない声を発した。

「し、死人です」

大きく目を瞠《みは》った斉吉が、腰を抜かしそうになっていった。

「ち、違う、こ、こ、殺しだよ」

二人はどちらからともなく、凍りついた顔を見合わせた。

「ど、どうすりゃいいんです？」

先に斉吉がいった。

「ご、ご、ご番所（町奉行所）に……し、知らせなきゃ……」

時助はそういうなり、逃げるように大月屋の勝手口を飛び出した。

二

寛政三年（一七九一）五月――。

小伝馬町牢屋敷門前に、護送囚人を乗せた唐丸《とうまる》駕籠《かご》が到着した。駕籠はぐるりと菰《こも》で巻かれており、飯口《めしくち》と呼ばれる直径五寸の丸窓が開けられている。

駕籠の高さは三尺二寸、横幅は二尺八寸で、底には五寸四方の糞落《くそお》としが開けられていて六尺の棒で担がれる。駕籠のなかの囚人は猿ぐつわ、縄手錠に足枷《あしかせ》をはめられ、不用意に動けば首が絞まるように縛られていた。

駕籠には名札がつけられていた。

――総州無宿　左次郎《さじろう》
つまり、総州で捕縛された無宿人の左次郎という罪人である。だが、これは偽名であり、本当は佐久間音次郎《さくまおとじろう》であった。

夕まぐれの空はどんより曇っており、空気はじっとり湿りを帯びていた。峻厳な趣《おもむき》のある牢屋敷の建物が飯口からのぞける。駕籠のなかの音次郎は、わずかに顔をこわばらせた。いや、実際、頬の肉が引きつれたように、ぴくっと動いた。

音次郎は今年の年明け早々、同じ徒組《かちぐみ》の浜西吉左衛門《はまにしきちざえもん》を斬ってここに送り込まれていた。それは過失であった。妻・お園《その》が何ものかに殺され、その下手人が吉左衛門だと思い込んでの敵討《かたきう》ちだったのだが、下手人は別人だと凶行に及んだあとでわかった。

結果、音次郎は死罪を申し渡されて、牢屋敷に送られたのだが、刑執行の日に囚獄（牢屋奉行）・石出帯刀《いしでたてわき》のはからいで命長らえていた。もっともそれにはある思惑《おもわく》があったのではあるが。

ともかく音次郎は、再び牢屋敷に戻ってきたのである。やがて、駕籠は表門から牢屋敷内に入り、牢庭火之番所前の砂利の上に運び込まれた。

「おろせ」

鍵役同心の声で、駕籠が地面に下ろされ、さっと菰が剝《は》ぎ取られた。音次郎は身じろぎもせず、正面に見える獄舎の板壁を見ていた。沈鬱《ちんうつ》な空と同じように、獄舎も重苦しそうに見えた。

駕籠のまわりには鍵役同心と、牢屋同心がいた。駕籠を運んできた二人の男はすぐそばの改《あらため》番所の脇に下がり、一度音次郎を振り返ってから獄舎の門を出ていった。

「ご苦労だな……」

鍵役同心が声をひそめて音次郎にうなずいた。音次郎は小さな目を伏せただけだ。

しばらくして張番《はりばん》(牢屋下男《しもおとこ》)が現れ、音次郎を駕籠のなかから引っ張り出した。

鍵役同心は、牢内の取締りを行う同心のなかの上席二名のひとりで、牢屋下男は牢屋同心の下で雑用を務め、囚人らに目を光らせているものである。

「衣類改めだ」

鍵役の指図で、音次郎は改番所に連行された。

その際、外されたのは足枷だけである。

「御牢内、御法度の品はないな。金銀、刃物、書物、火道具類はあいならぬぞ」

決まり文句を事務的にいった鍵役は、世話役同心に顎《あご》をしゃくった。世話役同心は「平当番」とも呼ばれ、牢内の管理をまかされた同心である。牢屋下男を監督し、指図をする。

平当番が音次郎の猿ぐつわと縛《いまし》めをほどいた。

「脱げ」

平当番にそういわれた音次郎は、観念した顔で自分の帯をほどき、着物を脱いだ。下帯をどうするか躊躇《ためら》ったが、早くせぬかと急《せ》かされ、丸裸になった。

一瞬、役人らの目が驚いたように見開かれた。厚い胸板には隆とした筋肉がついており、引き締まった脚や腕には、一切無駄な肉はついていなかった。百目蠟燭《ひゃくめろうそく》の明かりが、その肉体を照らしていた。

胸や肩、あるいは背中に、無数の古傷が見られた。もっともこれはひどくはなく、よく目を凝らさなければわからないほどだ。永年の剣術稽古《けいこ》の折に受けた傷が残っているだけである。刀傷などではない。

平当番に指図される牢屋下男が、音次郎の着物を丹念にあらためた。金や刃物を縫いつけていないかを調べるのだ。それが終わると、音次郎の口を開かせて口内をあらため、最後に両手を地面につけさせ、肛門をあらためた。

地獄の沙汰《さた》も金次第ではないが、牢内でも金がものをいう。金のないものはひどい目にあう。そのことを知っているから囚人らは、あの手この手を使って牢内に金を運び入れる。あるものは肛門に差し入れて、あるものは歯と歯の隙間に挟み込み、またあるものは呑み込んで糞といっしょにひり出したりする。女囚は陰部に隠しもする。

平当番に指図される張番は、この調べで隠し金を発見するが、大方黙認する。低給であるがために、あとで囚人らから目こぼし料を受け取るのだ。

衣類改めが終わると、音次郎は下帯だけつけるのを許され、着物を丸め持って獄舎に連行された。平当番と張番に囲まれるようにして、当番所の戸口から鞘土間《さやどま》に入って西二間牢へ歩いてゆく。

無宿牢ともいう二間牢には、人別帳から除外された原籍のないものが入っている。商工の平民が入る大牢にも凶悪なものがいるが、無宿牢はそれに輪をかけた凶暴なものが多い。二間牢といっても大牢と変わらぬ大きさで、広さは三間に四間（二十四畳）あり、落間《おちま》（土間）と雪隠《せっちん》がついている。

歩《ほ》を進めてゆくと、牢格子越しに囚人たちのなぶるような視線が飛んでくる。へらへら笑っているもの、無表情なもの、好奇心に目を光らせるものいろいろだ。

当番所からすぐのところにあるのが西の揚屋《あがりや》だった。ここは女牢である。つぎがお目見え以下の武士・僧侶《そうりょ》・神官の留め置かれている奥揚屋。音次郎は三月ほど前、この牢にいた。

つぎが大牢である。下卑《げび》た笑いを漏らすものや嘲笑《ちょうしょう》を浮かべた囚人らの視線が、矢のように飛んでくる。その牢の隣が無宿牢である。

「あがれ」

音次郎は張番の指図に従い、おとなしく框台《かまちだい》にあがって留口《とめくち》（幅三尺の潜《くぐ》り戸）前に跪《ひざまず》いた。

「牢主」

平当番がそういうと、牢内から「へい」という声が返ってきた。

「牢入りだ。総州無宿、左次郎と申す。面倒を見てやれ」

「へい」

音次郎は牢主の強い視線を感じたが、目を合わせようとはしなかった。張番が留口の扉を開いた。ギーッと軋《きし》む音がして、目の前の視界が開ける。無数の視線が一斉に音次郎に集中した。

音次郎は牢内に入ると、丸め持った衣類を目の前に置いて囚人らに頭を下げた。背後で扉が閉められ、役人らの気配が消えていった。

束《つか》の間の沈黙があったのち、

「さあ、来やがれ……」

という声と同時に、音次郎は背中を蹴《け》られ、留口の両脇にいた男二人に後ろ首を押さえつけられた。

三

音次郎は首根っこを押さえつけられたまま、上座に座っている牢役人の面々を見た。これは牢屋役人と間違えそうだが、牢内にいる囚人らで組織されたもののたちのことを指す。

一番高く積み上げた畳に座っているのが、いわゆる牢名主である。

牢内はいたって暗い。薄い闇といってもいい。明かりは鞘土間に点《とも》された燭台のみだ。夜になれば、鞘土間の常夜灯のみになるので、文字通りの真っ暗闇となる。

牢名主のそばには添役《そえやく》、角役《すみやく》以下順番に一番役から下がってゆく。二間牢に入っている囚人は六十余名だった。大牢には八十人ほど入れられている。牢獄全体にはおよそ四百人の囚人が留め置かれていた。

「……左次郎といったな」

牢名主が炯々《けいけい》とした目でにらみながら口を開いた。

音次郎は黙って名主を見返した。

「何をやりやがった？」

「……殺し」

「ほう……」

まわりの囚人らもため息に似た声を漏らした。

「それで何人殺した？」

「五人ばかり滅多斬りにしてやった」

今度は小さな驚きの声が牢内に広がった。

「派手なことしてるじゃねえか。それで相手はどんな野郎で、どんな了見でそんなことをしやがった」

「村の若いやつらがおれの女房をいたぶり殺したから敵を討ったまでだ」

「……ふむ。総州はどこの出だ？」

「千葉郡《ちばごおり》生実村《おゆみむら》……」

牢名主は考えるように目を泳がせた。

「江戸じゃねえってわけだ。するってえと八州にでも捕まったのかい」

「江戸に逃げてきてそこでお縄になってこのとおりだ。郡代のほうから江戸の町方に手がまわされちまって……くそっ」

吐き捨てるようにいうと、牢名主は低く笑った。

「ツルは持ってきたんだろうな」

ツルとは金のことを指す牢内の隠語である。音次郎は小さくうなずいて、目顔で自分を押さえているやつらを払えと、牢名主に訴えた。

「おい、放してやンな」

音次郎の首を押さえていた男二人が離れた。

音次郎はゆっくり身を起こして、首をぐるりとまわした。それから右手を尻の穴に持ってゆき、小粒（一分金）を引き抜いた。

四人全員が息を詰めてそれを見ていた。

音次郎は尻の穴から引っ張り出した金を牢名主の前に放った。小粒は小さな音を立てて床に転がった。添役が塵紙《ちりがみ》を使って金を拭《ふ》き、牢名主に渡した。

「これだけかい？」

「今のところは……」

「するってえと、残りは腹ンなかかい？」

音次郎は曖昧《あいまい》にうなずいた。

「明日の朝、糞を拾うぜ」

牢名主はそういって、袖《そで》のなかに小粒をしまい込んだ。音次郎はこのあとどういう展開になるか、頭のなかでめまぐるしく考えた。

大牢や無宿牢では、新入りは即座にキメ板で尻をたたかれる私刑を受けるのが相場だ。（キメ板は囚人らが牢番に用件を伝えるときに書く板である。ときに雪隠の蓋《ふた》を使うこともある。）私刑は差し出す金の多寡《たか》によるし、入れ墨ものにかぎって免除される。音次郎同様、他の囚人らは牢名主のつぎの指図を、息を詰めて待った。

「左次郎、今日のところはこれで挨拶《あいさつ》としておこうじゃねえか。おめえの席はそっちだ」

顎がしゃくられると、雪隠のそばにいた囚人たちが小さな席を空けた。

音次郎は着物を抱え持ってそこへ行き、ゆっくりと着物を羽織り、帯を締めた。それまで緊張しきっていた空気が、急に弛緩して囚人たちはそれぞれに話しだした。埒《らち》もないくだらない話だ。ただし、牢に入って間もないものは怯《おび》えたような顔をしており、口も重い。

牢内は上座、中座、下座とわかれている。とくに線引きがあるわけではないが、何となくその空間が分かたれているのが、牢内の空気でわかる。

牢に入って半刻ほどしたとき、牢名主が「酒だ」とつぶやいた。

すると、上座の牢名主の前に酒が置かれ、煙草が調《ととの》えられた。厳しい牢獄のなかで、こんなことがあろうはずがないというのは素人の浅はかさである。牢名主ともなれば、酒も煙草も自由なのだ。なかには外にいる家族に仕送りするものさえいる。

もっともこういうことができるのは長くない。牢屋敷に留め置かれる囚人は、最長でも半年である。その間に、釈放されるか刑の執行を受けて牢を出てゆく。だが、一度牢屋敷に入ったものが釈放されるのはごく希《まれ》なことだ。

牢名主は酒を飲み、うまそうに煙草を喫《の》む。留口のそばには見廻りの役人を監視するための囚人が二人いて、牢番が回ってくると合図を送って、酒や煙草を隠す。

牢内は静かだ。だが、それは不気味な静けさであり、痰《たん》のからんだような咳《せき》が聞こえるかと思えば、悶《もだ》え苦しむようなうめきも隣の牢から聞こえる。

囚人らはぼそぼそとささやくように話しているが、牢名主が酒に酔っていい心持ちになって横になると、それが合図だったように寝支度にかかった。

上座のものは寝場所に余裕があるが、下座はそういうわけにはいかない。畳一枚分に六、七人がおしくら饅頭《まんじゅう》のようにして寝る。

音次郎も体を窮屈に曲げて横になった。隣のものといやがおうでも背中がぶつかる。

すぐ目と鼻の先は雪隠だ。梅雨に入ろうとする時期なので、その悪臭は耐え難いものがある。

やがて寝息や鼾の音が牢内に広がっていった。ぼそぼそ話しつづけるものもいる。鞘土間の遠くから足音や扉が開け閉めされる音がするが、それは東西の牢のなかほどにある当番所と張番所に出入りする牢番らによるものだ。

「あんた、ほんとに殺しをしたのかい？」

背中を向け合っている男が音次郎に話しかけてきた。

「……ああ」

「それじゃ死罪は免れねえな」

「…………」

「おれは付け火でここに来たが、やったのはおれだけじゃねえんだ。役人は他の仲間を捜しているらしいが、まだ捕まっちゃいないようだ。まったくヘマこいたのはおれだけだ」

「運がねえな」

音次郎は伝法な口で答える。

「……運か……そんなもん生まれたときからなかったような気がするぜ」

「どこに火をつけた？」

音次郎が問うと、男が窮屈な体を反転させて、顔を向けてきた。

「ある旗本の家だ。通りでおれたちに脅しをかけやがったから、気に食わねえと思って……いい出したのはおれじゃねえんだがな。それであんた、調べはどうなってるんだ？」

「どうもこうもねえだろう。殺しを認めちまったから、たいした調べはないはずだ」

「それじゃ刑場行きを待つばかりか……」

「……そんなことになってたまるか。おれは敵を討っただけだ」

おい、うるせえぞ、という声が中座のほうからした。音次郎と男は口をつぐんだ。ぼそぼそ話していた他のものも口を閉ざした。

牢内には重苦しい夜の闇がのしかかっている。

「名は？」

音次郎はさっきより声を低めて男に聞いた。

「黒船河岸《くろふねがし》の音吉《おときち》といやあちょっとした知れものさ」

音吉は得意そうにいった。

黒船河岸といえば、浅草黒船町にある大川（隅田川）に面した河岸場だろう。すると、音次郎が以前住んでいた徒組の組屋敷に近いところだ。音吉はおそらく地回りだろう。肩で風を切って生きてきた男でも、ここに来ればこのとおり、猫を被《かぶ》っておとなしくしているしかないようだ。

「そうかい。よろしくな……」

音次郎はそういって目を閉じた。

そのとき、苦しみうめくような声が聞こえてきた。音次郎は閉じた目を開けて、闇のなかを凝視した。

四

悶え苦しむような声は、隣の大牢とを隔てている板壁の向こうから聞こえてきた。同時にいくつかの鈍い足音も感じ取れた。

「……哀れなことだ」

誰かがぼそっと声を漏らした。

大牢内で暗黙の私刑がはじまったようだ。私刑を受ける囚人は雪隠そばの落間で押さえつけられ、声が漏れないように口のなかに手拭《てぬぐ》いをいやってほど押し込められる。

夜中なので音のするキメ板は使えない。

押さえつけられ身動きできなくなった囚人は、声も出せないので助けを求めることも悲鳴を出すこともできない。

私刑を執行するものは、その囚人の腹に体重をかけて、どすんどすんと、尻を落としつづける。あるいは鳩尾《みぞおち》をいやってほど蹴ったり殴ったりする。内臓を破裂させて死に至らしめるのだ。外傷はないので、病死ということで片づけられる。

また、病気にかかり牢内の厄介者になると、突然布団を使って簀巻《すま》きにされ窒息死させられる。

隣の大牢でどんなことが行われているか、音次郎にはわからないが、おそらく明日の朝には死体が出るだろう。ひどい私刑を受けるものは、罪人らから敵視される元岡っ引きや町方の手先が多い。

もし、入ってきた囚人がその類《たぐい》の人間だとわかれば、ひどい私刑が待ち受けている。背割りと呼ぶ、大勢で打ちたたくのは序の口で、小便を飲まされたり、糞溜めの上に浮いている上澄みを無理矢理飲まされる。あるいはてんこ盛りの糞を口のなかに押し込められることもある。だが、これは牢内が汚れるし、臭くてたまらないので、滅多に行われない。

やはり私刑で多いのは、口を塞《ふさ》いでの暴行である。

板壁から聞こえていた低いうめき声と、大勢の男たちの動く気配はいつしか消えていた。私刑が終わったのだろう。

ふうと、なんともやるせないため息をついた音次郎は、再び目をつむった。

ひそかに囚獄・石出帯刀より密命を受けて動いている音次郎が、今回の指図を受けたのは三日前のことだった。

場所は南本所元町にある小料理屋・真砂亭の奥座敷だった。

呼び出しを受けた音次郎は酒肴《しゅこう》をもてなされたが、料理に一度も箸《はし》をつけることはなかった。対する帯刀は、酒を舐《な》めるように飲み、

「もう一度牢に戻ってもらう」

と、静かにいった。

音次郎は一瞬、どういうことだろうかと、顔も体もこわばらせた。

「探りを入れたい男がいるのだ。そやつに近づいてもらう。そのためには同じ囚人になってもらうしかない」

音次郎は内心胸をなで下ろしながら、帯刀を見た。色白で怜悧《れいり》な目が向けられていた。決して強面《こわもて》ではないが、帯刀には囚獄としての威厳と人に気後れを与える空気が

あった。

「その男は黒緒《くろお》の金松《かねまつ》という盗賊の頭《かしら》を知っていると思われる」

「黒緒の金松……」

「とんだ悪党だ。先日、加役《かやく》の長谷川《はせがわ》殿が召し捕った葵小僧《あおいこぞう》が獄門になったが、そのことは知っておろう」

「詳しくは存じませんが、噂《うわさ》には聞きました」

加役の長谷川とは、火付盗賊改め方《ひつけとうぞくあらためがた》の長官《かしら》・長谷川平蔵《へいぞう》のことである。その長谷川が捕まえた葵小僧は、ふてぶてしくも徳川家の家紋である葵紋の着物を着て、狼藉《ろうぜき》をはたらいていたのだ。また、入った家の金を盗むのは当然であるが、同時に家人の女を犯すという好き者でもあった。殺傷は滅多にやらないが、犯された女はその屈辱に耐えかねて後日自殺をしたり、悩み抜いて出奔したりしていた。

葵小僧が他の盗賊と違うのは、計画的犯行はせず、突発的に事件を起こすところにあった。それゆえに盗む金の額は多かったり少なかったりとまちまちだった。ただし、必ず女を犯す。これだけが共通したことで、火盗改め《かとうあらた》もずいぶん手を焼いたらしい。

「じつはその葵小僧よりもっと質《たち》の悪い賊がいることがわかった。女を犯すのは当然のことながら、十分楽しんだあとで殺害し、金だけでなく高価な調度の品や書画骨董を持ち出している。この春より市中において三件の訴えがあるが、賊の割り出しは難儀している」

「それが黒緒の金松というものですね」

帯刀はいかにも、と答えて酒を口に含んだのちに言葉をつないだ。

「火盗改めと御番所の調べによると、その黒緒の金松は相州あたりに跋扈《ばっこ》していた盗人の一味ではないかということだ。それが江戸に出張《でば》ってきての仕業ではないかと思われている。だが、これも判然としない」

「…………」

「おぬしにはその黒緒の金松の割り出しをしてもらう」

「捕縛するということでしょうか」

「今回にかぎって、そうしてもらいたいが、やむを得ぬ場合は首だけでもかまわぬ」

帯刀は手刀で、自分の首を斬る仕草をした。

「牢内にいるのはなんと申すものです？」

「深川で太鼓持ちをやっていた小八郎《こはちろう》というものだ。芸者殺しの廉《かど》で牢屋入りしているが、こやつが黒緒の金松一味を知っているようなことを、牢内の調べの折に口にしてな。……嘘《うそ》かまことか、その辺は曖昧であるが、小八郎に取り入って探ってもらう。

もし、小八郎が黒緒の金松を知らなければ、他の手立てを考える」

獄舎内は夜中、見廻りが行われる。担当するのは平当番と提灯を持つ張番、それから拍子木を打つ手間《てんま》である。その見廻りが鞘土間を通り過ぎていった。

音次郎は提灯の明かりが遠のくを見て、目を閉じた。その晩はなかなか寝つけなかったが、朝は期せずともやってくる。

目が覚めたのは、朝七つ半（午前五時）前だった。牢内のほとんどのものが、その時刻には目を覚ましている。それに音次郎の近くには雪隠があるので、足許を何人もの囚人が行ったり来たりする。

「おい、左次郎」

牢名主が呼んだ。音次郎は返事をしなかった。

「左次郎、聞こえねえのかッ」

二度目の声で、音次郎は、はっとなった。自分のことだった。寝起きで頭がぼけていたのか、うっかり油断していた。

牢名主が顔を赤らめ鋭い眼光を飛ばしてきた。

「雪隠に行って、糞をひり出せ」

音次郎は顎の無精髭《ぶしょうひげ》をぞろりとなでて落間に下り、着物を端折《はしょ》って雪隠にしゃがみ込んだ。すると、雪隠の番をする詰之番がやってきて、尻の下に笊《ざる》を置いた。

「こぼすんじゃねえぞ」

五

音次郎は雪隠に座り込んだまま、じっと前の板壁を眺めていた。

「何やってやがる。早く出さねえか」

肩をゆすってそばにやってきたのは四番役だった。この男は牢名主の指図があれば、いつでも牢内の囚人に暴力を加える危険人物だ。

「急《せ》かされたってこればっかしは……」

「もっと踏ん張りやがれ」

ビシッと頭をはたかれた。音次郎は耐えてしゃがんでいたが、あきらめたように首を振って立ちあがった。

「まだ催《もよお》さない。あとにしてくれ」

四番役が牢名主を見た。仕方ねえ、あとまわしだと、牢名主は折れた。

音次郎が自分の席に戻ると、にわかに牢内が騒がしくなった。

見廻りがはじまったのだ。

「変わりはないか……」

東の大牢に声がかかり、牢内のものが、

「え、えーい！」

と、変わりないという返事を大声で発した。そのあとで、他の囚人たちが声を揃えて同じように大音声《だいおんじょう》を発した。その声は牢内中に響き渡った。

見廻り役が隣の牢に来た。

「ひとり倒れましてございまーす！」

やはり私刑を受けた囚人が殺されたようだ。

「なんだと、どこだ？」

「……そこです」

舌打ちをした平当番が、手間を呼んで、運び出せと命じた。音次郎のところからは見えなかったが、ごそごそと死体の運ばれる音がして、騒ぎはそれで収まった。

「つぎ、変わりはないかッ」

留口前に現れた平当番が牢内に目を光らせた。

「え、えーい！」

答えたのは角役である。その直後、他のものも同じように声を張った。音次郎も真似て声を発した。

見廻りが終わると、囚人らは互いの髷《まげ》を結い直した。月代《さかやき》は七月と十二月にしか剃《そ》らせてもらえないので、みんな伸び放題である。髭然りだ。ただし、牢名主だけは月に一度剃ることが許されている。従って、きれいな月代をしているのは新入りか牢名主と相場が決まっている。

朝五つ（午前八時）の食事まで、音次郎は牢内の序列と主立った囚人の名を心得た。囚獄が目をつけている小八郎は、昨日の時点でわかっていたので、飯前にほんの短い話をすることができた。

それは小八郎が雪隠に用を足しに来たときで、音次郎は不自然に思われないように肩をぶつけたのだ。

「こりゃ、失敬」

「気をつけやがれ」

小八郎はどすを利かせたつもりだろうが、迫力に欠けた。太鼓持ちをやっていたというだけあり、その顔は瓢簞《ひょうたん》のようだし、出っ張った額の下にある両目は垂れ下がっていた。牢名主は小八郎を呼ぶとき、「でこ」と呼んでいた。

「おまえさん、何をやった？」

この問いに、小八郎は眉宇《びう》をひそめた。

「殺しの咎《とが》だが、おれはやっちゃいねんだ。いずれ出してもらうさ。だが、おめえは無理だろうな」

「おれは今度の調べで正道を話す」

「……何が正道だ」

小八郎はあきれたような顔をして、自分の席に戻った。

それからしばらくして鞘土間に飯が運ばれてきた。もっそう飯だ。あとは糠漬《ぬかづ》けの大根である。当然、牢名主の量が多い。その加減は食事の世話をする五器口役《ごきくちやく》によって行われた。五器は食器のことを意味する。

音次郎の手に届いたのは、他の囚人の半分だった。他のものに比して体の大きい音次郎には物足りないが、それもしばらくの辛抱である。

音次郎はわざと小八郎のそばに座って、もっそう飯をかき込んだ。

「……おかしなやつだ。うまそうに食いやがって」

小八郎が見てきたので、音次郎は口の端に小さな笑みを浮かべた。

牢内の空気に異変が起きたのは、朝食がすんだあとだった。食後の一服をする牢名主の目が、音次郎に向けられたのだ。それを察した添役や一番役以下のものたちも、音次郎に剣呑《けんのん》な目を向けてきた。

平囚人らもその険悪な空気を悟り、無駄話が少なくなった。

「……気をつけなよ」

そっと耳打ちしたのは、音次郎と同じ雪隠のそばにいるものだった。

だが、陰気で剣呑な目が向けられるだけで、牢名主らに動きはなかった。

昼四つ（午前十時）――、当番所詰めの鍵役同心と小頭によって総牢見廻りが実施された。これは毎日のことである。囚人らはかしこまって正座し、黙って見廻りが過ぎるのを待つ。見廻りの役人らは、特別なことがないかぎり各牢を、おざなりに一瞥《いちべつ》しただけで当番所に帰ってゆく。

張番がやってきたのは、それからすぐだった。留口に顔を寄せると、

「左次郎、これへ」

物欲しそうな目を音次郎に向けてきた。全員の目が音次郎に集中した。

「なんです？」

「ツルだ。てめえが尻に隠していたのは先刻承知だ。出せ」

この張番は衣類改めに立ち合っていたものである。見逃したのはツルと称される金がほしかったからである。年に一両二分一人扶持の身なので、こういった牢内での稼ぎを生計の足しにするのだ。

「名主に渡したので、今はない。あとにしてくれ」

「何だと」

張番は牢格子の隙間に両手を入れ、音次郎の襟首をつかんだ。

「持ってきてねえんじゃねえだろうな。いい加減なことをいいやがると、ただじゃすまねえぞ」

「出るものが出ないんだ」

「だったら何度も雪隠に行って踏ん張れ。だが、どうもあやしいな。……おめえはツルがもうねえんじゃねえか。え、どうなんだ？」

「………」

「その目はなんだ」

「出るまで待ってくれ」

くそッと、吐き捨てた張番は、音次郎を突き放すなり、牢名主を見た。

「こいつはあやしいぞ」

張番はそのまま当番所に戻っていった。

牢内の空気がさらに険悪になったのは、この瞬間だった。

「おい」

牢名主が短い声を漏らすと、二番役と四番役がのそりと立ちあがった。さらに留口そばに角役と五番役が移り、鞘土間を見張るように座った。これは監視役である。

下座と中座の囚人らの顔がこわばり、なかには震え出すものもいた。

二番役がキメ板を手にし、四番役が雪隠の蓋を持った。彼らの視線は音次郎に向けられている。他にも動きがあった。上座の男四人がゆっくり腰をあげたのだ。

「仕方ねえ。背割りだ」

牢名主がそういった瞬間、上座の四人が俊敏に動いて音次郎を押さえつけた。逃げることもできたが、音次郎は半分観念した。直後、背中に鋭い痛みが走った。

六

音次郎の背中に、幾度となくキメ板がたたきつけられた。その度に、牢内に鈍い音が響いたが、牢番が助けにくる気配はない。

首根っこと両足を強く押さえつけられているので、音次郎は打たれるたびに背中をびくっと波打たせた。

ビシッ、ビシッという音が耳朶《じだ》に響き、脳天に痛みが走った。奥歯を嚙《か》み、じっと耐えるが、顔をしかめずにはいられなかった。これで殺されることはないはずだ。牢名主は、音次郎がツルを吞んでいると思っている。だが、腹中にそんなものは入っていない。

打たれつづけているうちに、音次郎の頭はぼうっとしてきた。目が霞《かす》み、牢内がゆがんで見えるようになった。背中に走る衝撃はいつしか麻痺《まひ》し、打ちつけられる音もどこか遠くに聞こえるようになった。

牢内にざわめきがあり、笑い声が聞こえた。

音次郎は意識を取り戻したが、頭が朦朧《もうろう》としており、しばらく自分がどこにいるのかわからなかった。

「あんた、大丈夫か？」

声をかけてきたのはそばにいる男だった。ときどき話しかけてくる弁吉《べんきち》というもので、夜鷹《よたか》殺しの咎で入っていた。

「……なんとか」

そう答えはしたが、背中に熱い火照《ほて》りを感じていた。どうにかあぐらをかいて、その痛みをじっと噛みしめた。牢内のものはそれぞれにくつろいでいる。ときどき、音次郎に憐憫《れんびん》の目を向けてくるものもいるが、キメ板をたたきつけた二番役と四番役は視線を合わせようとしない。

ただ、牢名主だけが、ときどきへらついた笑いを頬に浮かべ、いたぶるように見てきた。音次郎はその度に視線を外した。

夕食時、自分に運ばれてきたもっそう飯が、目の前でひっくり返された。運んできたのは本番という食事運びだが、あきらかに故意であった。

「この野郎、大事な飯をこぼしやがったな」

本番がそういってにらむと、牢名主が声を添え足した。

「左次郎、きれいにねぶるんだ。牢を汚すんじゃねえ」

上座のものたちからいたぶるような笑いが漏れた。音次郎は観念して、犬のように床に這いつくばり、散らばった飯を食った。屈辱《くつじょく》ではあるが、これも役目のためだと思えば我慢するしかなかった。ただ、飯椀を返す際、音次郎は箸を一本袖のなかに隠した。留口に置かれた手桶には、使った食器と約六十人分の箸が投げ入れられる。

箸を盗んだことに誰も気づきはしなかった。

食事が終わると、鞘土間の明かりが少なくなる。昼間でも暗い牢内がさらに暗くなる。

「左次郎、雪隠はまだか。催さねえなら、手伝ってもいいんだぜ」

ふふふと、煙草を喫みながら牢名主が双眸《そうぼう》を光らせた。

昼間につづき、今夜も何かあるなと、音次郎は警戒した。

黙ってやられているわけにはいかない。おそらく小八郎は明日には牢を出される。音次郎も出ることになる。下手にいたぶられ怪我でもしたら、あとの役目に支障を来《きた》す。何もなければよいが、そうはいかないだろう。

鞘土間の明かりが減り、常夜灯だけになってしばらくのち、朝方来た張番が再び、留口に姿を現した。

「……左次郎、まだかい?」

音次郎だけに目を向けてそう聞いた。

「まだ出ない」

「それじゃ明日を楽しみにしている。明日も出ねえってことはねえだろうからな」

張番はそういい残して当番所に戻っていった。

ふらりと上座で立ちあがったものがいた。闇のなかでその男の双眸だけが光った。

音次郎はわずかに身を固めた。今夜はやられるわけにはいかない。首と肩をまわして、余分な力を抜き、短く息を吐き出した。留口に見張りをする二人の男が移動した。隣にいる弁吉が、ごくっと、つばを呑む音がした。さらにもうひとり、牢名主の左にいた男が立ちあがった。音次郎は先手を打つことにして、腰をあげた。立ちあがった二人の男が身構えた。

音次郎はその二人と対峙《たいじ》した。囚人たちが道を開けるように脇にどいた。

「てめえ、逆らう気じゃねえだろうな」

音次郎は答えずに、首の骨を鳴らした。

ぽきぽきと、乾いた音がした。背中の腫《は》れは引いていないが、怪我をしているわけではない。それに、手足は自由に動かせる。

右の男が近づいてきた。と、同時に片腕を伸ばしてきた。衣擦《きぬず》れの音がした刹那《せつな》、音次郎はその男の片腕をつかみ取るなり、鳩尾に拳をめり込ませ、左から押さえに来た男に足払いをかけた。牢名主が慌てて尻を浮かした。

そのとき、音次郎は床を蹴って牢名主の前に立ちはだかり、左腕をその首に巻きつけ、積み重ねられた畳から床に引きずり落とした。周囲のものたちが一斉に立ちあがり、空気が動いた。

音次郎は慌てなかった。素速く隠し持っていた箸の切っ先を、牢名主の左目に突き立てる素振りを見せた。

「あっ」

牢名主の口から短い声が漏れた。

「動いたら刺す。片目だけじゃねえ。両目ともだ」

そういい聞かせて、まわりの男たちを睨《ね》めまわした。

「おまえたちも動くな。動いたらこいつを刺す。わかったら、おとなしく座るんだ」

上座にいた男たちは、一瞬躊躇《ためら》い、互いの顔を見合わせて、ひとり二人と腰をおろした。他の囚人は、息を呑んだまま成り行きを見守っていた。

「おい、そこのもの、おまえも座るんだ」

ひとりだけ立ったままの男がいた。四番役だ。

「てめえ、何してるかわかってんだろうな」

「見ればわかるだろう。こいつを締めるんだ。おまえも手伝うか」

音次郎はいいながら、牢名主の首にまわした腕に力を込めた。ううっと、苦しそうな声が牢名主の口から漏れた。

「おい、何かいってやりな。……死にたくなかったら、指図するんだ」

腕の力をわずかに抜いてやった。

「く、くっ……為七《ためしち》、座るんだ。……うっ」

腕に力を入れ直すと、牢名主はまた声を詰まらせた。四番役の為七があきらめたように腰をおろした。留口の見張りは、鞘土間に目を向けず、今は音次郎を見ていた。

「……今夜からおれが牢名主になる。文句のあるやつは手をあげろ」

囚人たちが小さくざわめいた。そのとき、音次郎は牢名主の首を強く締めあげた。見た目は肉づきのよい男だったが、思いの外非力だった。牢名主はあっさり気を失い、その場にへたり込むように横になった。

全員、驚いたように身を固め、あっけにとられていた。徒党を組んで粋がる輩《やから》にかぎって、度胸のないものが多い。誰か強いものを頼っていなければ、生きていく自信がないのだ。

「こ、殺しちまったのか……」

聞いたのは角役だった。

「締めただけだ。すぐに目を覚ましてやるさ」

いったとたん、音次郎は牢名主に気を入れてやった。

「うっ」

と、牢名主が声を漏らして目を開けた。

その瞬間、音次郎は顔面に頭突きを食らわせた。おそらく目から火花が散ったに違いない。間髪《かんはつ》を入れず、鼻と口に強烈な肘《ひじ》打ちを見舞ってやった。牢名主の歯が折れ、鼻血が噴きこぼれた。

だが、それで許すわけにはいかなかった。ここは見せしめのために徹底してやり、他の囚人たちの肝を冷やす必要があった。音次郎は手拭いを牢名主の口に突っ込み、手の甲に箸を突き立てた。牢名主の腕がびりっと震え、顔が痛みにゆがんだ。

「おい、見くびるな。たった今からおまえは雪隠番だ。わかったか」

牢名主は泣きそうな顔でうなずいた。

「こいつの名は何だ？　おい、小八郎。教えろ」

これは計算しての呼びかけだった。

「伝蔵《でんぞう》だ」

「何の咎で入っている？」

「子供殺しだ」

「……見下げた野郎だ。伝蔵、落間に行っておとなしく座ってやがれ。逆らったら今度こそ、命はないと思え」

音次郎はそこで伝蔵を放してやり、尻を蹴飛ばした。伝蔵は前のめりに倒れ、そのまま箸を突き立てられた手の甲を庇《かば》いながら、落間でうめきつづけた。音次郎は伝蔵が座っていた畳の上であぐらをかいて、みんなを眺め渡した。

「文句のあるやつはいるか……」

全員無言だった。

落間で自分の手を痛がっている伝蔵の、悲鳴じみたうめき声しかしなかった。

「文句がねえならおれが牢名主だ。いいな」

「へい」

誰かがそう答えると、他のものもそれにならった。

音次郎はあっという間に牢内の天下を取っていた。

七

昨日まで無宿牢を牛耳《ぎゅうじ》り、上座でふんぞり返っていた伝蔵は、小さくなっていた。

誰もがそんな伝蔵のことを不快に思っていたらしく、手のひらを返したように蔑《さげす》んだ目で見るばかりでなく、頭をひっぱたいたり、罵《ののし》ったりした。なかには肩や腰を揉《も》ませるものも出る始末だ。

起床後の見廻りにやってきた牢番らは、一瞬立ち止まって音次郎を見て、目をしばたたかせた。だが、何もいうわけでもなく、そのまま去っていった。

鍵役同心が平当番を伴って留口の前にやってきたのは、朝餉《あさげ》の前だった。

「二間牢」

鍵役同心が声を張ると、新たな牢名主となった音次郎が、「へえ」と応じた。

「お呼び出しがある。深川無宿太鼓持ち、小八郎はいるか」

「へえ、ここに」

小八郎が尻を浮かして、頭を垂れた。

「飯後に迎えに来るから、心得ておけ」

「へえ、承知いたしましてございます」

鍵役はそのまま牢前を去っていった。

「小八郎、ここへ」

鍵役が去ったのを見て、音次郎は小八郎をそばに呼んだ。

「なんでしょう?」

「呼び出しは吟味だろう」

「だと思いやす」

小八郎は垂れた目を臆病そうに動かした。

「おまえは芸者殺しの咎で入っていたんだったな」

「……そうです」

「だが、おまえはやっちゃいないとおれにいったな」

「やってねえんですよ」

「だったら、あくまでもやっていないといい張るんだ。誰が何といおうと、てめえが無実であることを訴えるんだ」

「そのつもりです」

「いいか、口のうまい役人に負けるんじゃねえぜ。必死に食い下がっててめえの仕業じゃないってことを訴えろ。わかったな」

「へえ。でも、何でそんなことを……」

「おめえは殺しのできるような男じゃねえ。おれにはわかる。……おれはおめえのことを信用するぜ」

そういってやると、小八郎は感激したのか、わずかに目を潤ませた。本来は気のやさしい男なのだろう。音次郎は内心で、うまく懐柔できたと思った。

じき朝餉の時間になり、飯運びの本番が音次郎にもっそう飯を持ってきた。音次郎はそれをじっと眺めて、

「おい、おれは伝蔵と違ってしけたことはしたくねえ。飯は皆平等だ。みんなに同じように配れ」

いわれた本番は一瞬きょとんとしたが、飯椀を突き返すと、あらためてよそい直した。他の囚人らが感心したような目を音次郎に向けた。

なかには尊敬の眼差《まなざ》しで見るものもおり、頭はこうでなくっちゃいけねえと声をこぼしさえした。その仲間が、まったくだと同意した。

囚人たちは黙々ともっそう飯をかき込み、白湯《さゆ》を喉に流し込んで一息ついた。牢内には昨日までと違った空気が流れはじめていた。無駄口をたたいても音次郎が何もいわないのに気をよくし、下座に座っていた囚人の口も軽くなった。

朝餉のあと、食器の入った手桶を下げに来た張番が、牢内の序列が逆転していることに舌打ちをして、あきらめ顔で戻っていった。その際、小さな捨て科白《ぜりふ》を残した。

「まったく、貧乏神みてえなやつが入って来やがった。目こぼしも考えもんだ。やれやれ」

音次郎は苦笑いをした。

しばらくして、飯前にやってきた鍵役同心と平当番が再び現れた。

「小八郎、これへ」

鍵役が留口を開いて、框台に小八郎を引っ張り出し、その場で平当番が後ろ手にさせて縄を打った。脇差しを差し、突棒《つくぼう》を持っている鍵役は、その間抵抗されないように見張っていた。

小八郎は連れて行かれるとき、ちらりと音次郎を振り返った。

「さっきのこと忘れるな。しっかりやれ」

音次郎は声をかけてやった。

その日は大過なく過ぎていった。伝蔵は昨日までの威勢はどこへやら、首をうなだれて落間に座りつづけていた。音次郎の頭突きと肘打ちをいやというほど食らったその顔は、青黒く腫れており、箸を突き刺された右手の甲には手拭いを巻いていた。

「小八郎の野郎戻ってこねえな」

昼を過ぎた頃、牢内でそんな声がささやかれるようになった。調べが長引いているというものもいれば、ひょっとすると訴えが認められ、放免されたのかもしれないというものもいた。

そして、ついに小八郎は戻ってこなかった。

やがて、夕七つ（午後四時）の夕食になった。

「飯を配る」

朝と同じような声が牢内に響く。すると、囚人たちは鬨《とき》の声をあげるように、

「おありがとうございます」

と、声を揃える。

その直後、鍵役同心と平当番がまた牢前に現れた。小八郎を連れていったものたちだ。

「総州無宿、左次郎。これへ」

呼ばれた音次郎は積まれた畳を下りて、留口前に跪いた。

「早急な吟味お呼び出しだ。出ろ」

「へえ」

留口が開かれて表に出ると、小八郎と同じように切縄をかけられ、鞘土間を歩かされた。そのまま当番所前を素通りし、獄舎の前庭に連れ出された。空はまだ明るい。

音次郎はまぶしそうに目を細めた。

「歩け」

肩を押されて、改め番所までゆくと、そこに牢屋同心筆頭の青山長右衛門《あおやまちょうえもん》が立っていた。いつ会っても相手を疑うことしか知らない目をしている。ひょろりと背が高いので、わずかに音次郎を見下ろす恰好になる。

「おまえたちはこれまで……」

青山は音次郎を連れてきた鍵役と平当番を追い返した。二人はおとなしく引き下がっていった。

「ついてまいれ」

音次郎は青山のあとに従った。黒羽織に大小を差している。白い足袋が傾いた日のなかで際だって見えた。

「着の身着のままか……」

「はい、このなりで護送されてまいりました」

青山は何もいわず、そのまま獄舎の庭から牢屋同心詰所に立ち寄り、深編笠を持って戻ってきた。

「これを……」

深編笠を渡された音次郎はその場で被《かぶ》って、顎紐を結んだ。青山は無駄口一切たたかず、そのまま裏門まで行き、門番に開けるように命じた。

蝶番《ちょうつがい》が軋んで脇の潜り戸が開くと、

「出ろ」

青山が命じた。音次郎は命令に従って牢屋敷の外に出た。それから青山を振り返った。首を振って、行けと、無言で命じられた。

音次郎は大きく息を吸い込んで空を仰いだ。短い牢屋敷暮らしだったが、何だかずいぶん長く感じられた。

「佐久間」

声がかけられたのは、歩きだしてすぐだった。

振り返ると、塗笠を被った男が立っていた。音次郎の心の臓が、ぴくりと跳《は》ねた。

「これは御奉行様……」

そういって頭を下げた。囚獄・石出帯刀だったのだ。

「よいから歩け」

音次郎は少し遅れて帯刀の後ろについた。

「首尾よくいったか？」

「はい、うまくいったはずです」

「ご苦労であった。小八郎はすでに放免した。吉蔵《よしぞう》があとを尾《つ》けているので、やつからの沙汰を待て」

「かしこまりました」

「あとのことはまかせるが、黒緒の金松の首根っこを何としてでも押さえるのだ」

「承知いたしました」

「しばし体を休めるがよい。追って吉蔵が訪ねていくであろう。では、ここで……」

帯刀はそのまま人形町通りのほうへ歩き去った。

第二章　敵

一

どんよりした雲が空一面を覆っていた。

牢屋敷から帰ってきた音次郎は、縁側で釣り竿《ざお》の準備をしていた。

その家は竪川《たてかわ》を西に上っていった亀戸村にあった。藁葺《わらぶ》きの百姓家だが、これが死罪を免れ、囚獄・石出帯刀の密命を受けて動く音次郎の住まいである。近くにおいてけ堀という池があり、これから釣りに行こうとしているところだった。

牢獄を出てから二日後のことである。

「旦那さん、これでよいかしら」

きぬが縁側のそばにやってきて、輪切りにした竹筒を見せた。なかには釣り餌《え》にする蚯蚓《みみず》が入っていた。

「十分だ。ぼちぼち行くか」

「ちょっとお待ちを、おにぎりを持ってきますから……」

きぬが台所に駆けてゆくと、音次郎は二本の釣り竿を持って庭に下りた。雲の隙間に弱々しい日の光があった。雨は降りそうで降らない。天気はこのまま持つようだ。

「それじゃまいりましょうか」

きぬがにぎり飯を包んだ風呂敷を持って戻ってきた。

二人は肩を並べて家を出た。周囲には畑や鬱蒼《うっそう》とした林があり、人の姿はあまり見かけない。それでも竪川のほうへ一町もゆけば、町屋がある。南本所瓦町や深川北松《きたまつ》代町《しろちょう》だ。

「釣れるといいですね。大きな鯉《こい》だったら、夜の酒の肴《さかな》になります」

きぬは顔をほころばせていう。

色白で鼻筋の通った細面に、切れ長の目、そして柳のような眉《まゆ》をしている。二人は夫婦ではない。きぬは、音次郎の世話をするために囚獄が送り込んできた女だった。やはり、牢屋敷に入っていたのを釈放されてのことである。

きぬの罪状は主《あるじ》殺しであった。これは、故意の殺しではなく、きぬが身を守ろうとした事故によって起きたのだが、吟味で罪が晴れることはなかった。しかし、音次郎の世話役として囚獄の眼鏡に適《かな》い、一命を救われていたのだった。

また、音次郎が今の役目を負うようになったのは、囚獄に剣の腕を見込まれたのと、幕臣時代の厚い忠義心が認められてのことだった。

囚獄・石出帯刀は、牢屋から引きだした音次郎に役目を申しつけるとき、

「そのほうの刃傷沙汰《にんじょうさた》はさておき、それまでの忠勤ぶり、剣の腕、またその厚き人望を買ってのことであるが、おぬしの命この帯刀がもらい受けた」

と、きっぱりといった。

役目は、牢屋敷に送り込まれてくる重罪人にからむ極悪非道の悪党を捜し出し、天罰をくわえることである。

音次郎ときぬは、すいかずらと蔦《つた》のからまる藪《やぶ》を抜けて、池の西側に腰を据えた。濁った水面であめんぼが泳いでおり、蓮の上には眠たげな目をした蛙の姿があった。

「……牢獄はさぞおいやだったでしょう」

音次郎が竿を垂らしたのを見計らったように、きぬが口を開いた。先日家に帰ってきたときから、そのことは一切聞かなかったので、遠慮がちな声であった。

「いやなところだという他ない」

「……そうですね」

きぬは沈鬱そうな顔で浮きを眺めていた。

「心配であっただろう。じつはおれも、このまま表に出されないのかもしれないと、内心落ち着かないものがあった。だが、こうやっておまえにまた会えて安堵《あんど》した」

きぬの顔がゆっくり振り向けられた。

「きぬも旦那さんが帰ってきて心底安堵しました」

「……何よりだ」

「ええ」

応じたきぬは、人を和ませる笑みを浮かべた。だが、すぐにその笑みを引っ込め、

「また、どこかへ行くのですね」

と、不安そうに顔を曇らせた。

「そうなるだろう。……仕方ない、役目だからな」

「いつまでこんなことがつづくんでしょうか。きぬはいつも心配ばかり……」

音次郎は一度池に向けた顔をきぬに戻した。

「きぬ、そのことは考えてもしようがない。おれたちは命拾いをしているのだ。こうやってのんびり釣りができるのも、役目あってのことだ」

「それはそうでしょうけど……」

「どうした。いつものきぬらしくないぞ」

最初会ったとき、きぬはそこはかとなく暗い顔をしていた。だが、互いのことをわかるようになって、それまでの硬さが取れ、日を追うごとに本来の明るさを取り戻していた。ただの世話役だったが、今は身も心も許すようになっている。

「……先のことは考えぬことだ。今のこのときを楽しむようにしようではないか」

「今のこのときを……」

「……そうだ」

「そうですね。くよくよ考えてもはじまりませんね」

肩をすくめてきぬが微笑《ほほえ》めば、音次郎も頬をゆるめた。

池のあちこちで魚がぴちゃぴちゃ音を立てて跳ねていた。二人は昼までに三匹の鮒《ふな》と二匹の鯉を釣り上げた。

きぬは釣れるたびに、無邪気な子供のようにはしゃいだ。

「旦那さん、そろそろお腹が空いたんじゃありません。ご飯にいたしましょう」

「そうだな」

釣りを中断して、二人はにぎり飯を頬ばった。

「吉蔵さんは今日来るかしら……はい、お水」

音次郎は水筒を受け取って、喉を鳴らした。吉蔵のことは気にかかっていた。囚獄の命令を運んでくるのが吉蔵で、ときにいっしょに探索に出ることもある。小八郎を尾けまわしているはずだが、そろそろ顔を見せてもよい頃だった。

「じきに来るだろう」

「きぬは来てほしくない。吉蔵さんが来れば、旦那さんは出ていってしまうんだもの」

「また、その話か……」

「だって……」

きぬは駄々をこねたように頰をふくらました。こんなとき、音次郎は強く抱きしめてやりたい衝動に駆られる。だが、きぬの口の端にくっついている飯粒を指でつまみとって、

「きぬの飯はいつもうまい。今夜は何を作ってくれる？」

音次郎はつまんだ飯粒を口に入れた。

「ああ、はぐらかした。旦那さんは、まったく……」

またふくれ面をしたきぬが可愛くて、音次郎は小さく笑った。釣られたようにきぬ

とにした。
も笑い返した。

昼飯のあと、音次郎が小さな鮒を一匹、きぬが七寸ほどの鯉を釣って、家に帰ることにした。

「あまり釣っても無駄になるばかりだ。この辺にしておこう」

二人は釣りを切りあげて家路についた。きぬは一番大きな鯉を刺身にして、残りは汁物と煮付けにするといった。

「いよいよ一雨《ひとあめ》来そうだな」

音次郎は空の一角に現れたひときわ黒い雨雲を見た。風も出てきて、雲の流れが速くなっていた。

「あれ、吉蔵さんです」

隣を歩いていたきぬが声を漏らした。

憂鬱な空を見ていた音次郎も、家のそばに立つ吉蔵に気づいた。

吉蔵が肉づきのよいどっしりした体をこっちに向けた。

二

「待たせたか」

「いえ、今し方やってきたばかりです」

吉蔵はそう答えて、きぬに小さく頭を下げた。

「雨が降るかもしれませんから早く家のなかに……」

そういったきぬは、釣った魚を持って戸口に駆けていった。

「釣りですか……」

「気晴らしだ。小八郎のことがわかったのだな」

「へえ、それもありますが、他にも耳に入れなければならないことがあります」

吉蔵は白く濁った左目の瞼《まぶた》を動かした。右目はぐりと蝦蟇《がま》のように剝《む》かれている。

「他のこととは……?」

「それはおいおいと」

「ともかく座敷で話を聞こう」

二人が座敷にあがって向かい合ったとき、空に閃光《せんこう》が走り、家のなかが一瞬、まばゆい光に包まれた。直後、耳をつんざく雷鳴がとどろいた。

雨が地面を叩《たた》きに来たのは、雷が三度鳴ったあとだった。

きぬがくわばらくわばらと唱えながら、茶を運んできた。

「それでいかがした？」

音次郎は茶を一口含んでから吉蔵をあらためて見た。

「まず小八郎のことですが、黒緒《くろお》の金松とつながっているかどうかまだはっきりしません。ただ、やつの棲家《すみか》に出入りする風体のよくないやつがいるのはたしかです」

「そいつらのことは？」

「それもよくわかりません。単なる無宿者かもしれません。ここはしばらく様子を見るしかないようです」

「囚獄は小八郎が黒緒の金松につながっていなければ、他の手立てを考えると申されたが……」

「それは小八郎と黒緒の金松のつながりが、はっきりしてからでいいんじゃないでしょうか」

「……そうだな」

「それで、旦那。例の下手人らしきやつがわかりました」

この言葉に音次郎は、こめかみの皮膚をひくと動かした。

「おれの妻と子を殺したやつか」

「まだ、はっきりそうだとはいえませんが……」

雨が激しくなり、雷がとどろき、稲妻が吉蔵の黒い顔を照らした。一瞬だけ、右目が銀色に光って見えた。

「そいつはどこの何というやつだ？」

音次郎は身を乗り出していた。

「伊沢又兵衛《いさわまたべえ》という男です」

「なにッ……」

音次郎は目を瞠《みは》った。

伊沢又兵衛は、音次郎がいた徒組のものだ。しかも、同じ十一番組である。

「何故に又兵衛が……」

音次郎は呆然《ぼうぜん》となった顔でつぶやき、太い斜線を引いて降る雨を眺めた。

音次郎の妻・お園とひとり息子の正太郎《しょうたろう》が殺されたのは、今年の正月のことだった。

仕事を終えた音次郎が家に帰ったとき、正太郎は背中に一太刀浴び絶命していたが、胸を斬られていたお園にはかすかな息があった。そのときお園は、

「……は、はまに……し……」

と、唇を震わせながらいったのだった。

それ故に、音次郎は下手人は同じ十一番組の浜西吉左衛門だと思い込んだのだった。現にその少し前、酒に酔った浜西にからまれ、斬られそうになっていた。

もっとも刀を取りあげてへし折っていたのだが、それを恨んで妻子を殺したのだと音次郎が思い込んだのは、ごく自然の成り行きといえた。だから、音次郎は浜西吉左衛門を斬り殺したのだった。

ぱりぱりっと、雷が乾いた音を立て、家を揺るがすような大音を発した。音次郎は外に向けていた顔を吉蔵に戻した。

「しかし、どうして又兵衛だと?」

「十一番組の出入りする店があります。浅草黒船町の宮川といいます」

宮川はよく知っている。以前は音次郎も懇意にしていた小料理屋だ。

「その店で旦那のお内儀と息子さんを殺したのは、伊沢又兵衛ではないかという噂を耳にしたのです」

音次郎は眉間《みけん》に力を入れて、「それで」と先を促した。

「あっしもただごとではないことを聞いたと思い、その伊沢又兵衛について探りを入れてみました。それでわかったことがひとつあります。伊沢は旦那が斬った浜西吉左衛門に、借金があるのがわかりました。十五両ばかりですが、伊沢は浜西の取り立てに再三あっていたといいます」

「伊沢又兵衛が浜西に……」

つぶやいた音次郎は記憶の糸をたぐり寄せた。又兵衛は浜西を慕っていた二十二、三の若い男だ。だが、二人の仲がいつしかぎくしゃくなったのを、音次郎も知っていた。なぜそうなったか、あえて聞くことはなかったが……。

「それで他にわかっていることは？」

「今はそれだけです。見当違いだといけませんので、もう少し調べてからと思ったんですが、小八郎の件もありますし、耳に入れておこうと思いまして……」

「かたじけない。これはおれにとって重大なことだ」

「旦那はあの界隈には近づけない身です。旦那が探れとおっしゃるなら……」

「願ってもないことだ。吉蔵、もう少し又兵衛のことを調べてくれ。他に手がかりになるようなことがあるかもしれぬ」

音次郎は吉蔵を遮《さえぎ》ってから早口でいった。

「わかりました。それで話は戻って小八郎のことですが……」

吉蔵はそう前置きをするようにいって、小八郎の棲家を口にし、今どんな暮らしをしているか、大まかなことを教えてくれた。耳を傾けていた音次郎は要点だけを頭に叩き込み、あとは伊沢又兵衛のことを考えていた。

いつしか雷は遠のき、雨も落ちついた降りになっていた。

音次郎に用件を伝え終えた吉蔵は、雨がやむまでゆっくりしていけというきぬを、振り切るようにして帰っていった。

「吉蔵さん、傘も持たずに帰ってしまいましたけど……」

戸口で吉蔵を見送ったきぬが土間に立っていた。

「吉蔵はそういうやつなのだ」

考え事をしていた音次郎はそう応じただけで、また雨を眺めた。

遠雷が聞こえてきた。

三

南町奉行所定町廻《じょうまちまわ》り同心の清村甚兵衛《きよむらじんべえ》は苦虫《にがむし》を嚙みつぶしたような顔で、煙管《きせる》を吹かしていた。片肘を膝《ひざ》にのせ、両目は宙の一点を見据えていた。

煙管をくわえている唇の隙間から、ふわーっと、何ともしまりのない紫煙が漏れた。清村甚兵衛は齢《よわい》四十二歳で、同心頭であった。定町廻りは南北町奉行所に各六名だから、部下が五人いることになる。

それはともかく、甚兵衛は燃えていた。このところ扱う事件は小さなものばかりで、これといった手柄を立てていなかった。ところが、今はとんでもない大きな事件に直面していた。

「ふーむ……」

長いため息をついた甚兵衛は、灰吹きに煙管の吸い殻を落として、地肌の見える髷《まげ》を指先でかいた。

「旦那、どうなさいました？」

聞くのは小者の平五《へいご》である。

「見りゃわかるだろう。考えているんだ」

「しかし、ここにいても……」

平五は埒《らち》は明かないとでもいいたかったのだろうが、途中で口をつぐんだ。

二人がいるのは、芝金杉通一丁目の番屋だった。賊に襲われた米問屋・大月屋と同じ町内である。もちろん、甚兵衛はその事件に着手しているのだ。

番屋には一番最初に事件を知った番人の時助がいた。あとは書役《かきやく》が文机《ふづくえ》に頬杖《ほおづえ》をついて居眠りをしている。

「……盗まれた金は二千両は下らないという。おまけに、店にいたものは皆殺しだ」

「さらに若い女たちは犯されておりました」

平五が付け足した。

「うむ……」

清村甚兵衛は煙管の雁首《がんくび》で、目の前に広げている書き付けを、トントンとたたいた。それには被害者の数と名前、被害金額、大まかな店の間取り図が書かれていた。被害金額は通いの番頭の調べで、今日の夕方はっきりしたのだった。

事件当夜、店にいたのは主家族と住み込みの使用人合わせて十八人だった。大月屋には毎晩その人数がいることがわかっていた。

「賊の手引きをしたやつがいるはずなんだ。それがわかりゃ、ことは一気に片がつく」

「そういうことになりましょうね」

平五が茶を淹《い》れながら応じる。

「だが、手引きしたようなやつが浮かびあがらねえ」

「まったくで……」

甚兵衛は丸二日をかけて、通いの使用人らを徹底して訊問していた。事件前後に行方をくらました使用人もいなかった。

「店のものじゃねえとしたって……相当、店に詳しくなけりゃならねえ」

「ごもっともで……」

平五はずるっと音をさせて茶を飲んだ。

「店をやめたものもお調べになっていらっしゃるんですね」

口を挟んできたのは、番人の時助だった。小さな目をしょぼしょぼさせた。

「他のものがあたっている。そっちに手がかりがありゃいいが……」

甚兵衛は手に持った煙管で、自分の額を何度かつついた。それから、「よし」と顔をあげ、もう一度大月屋に行ってみようといった。

「さっき行ったばかりですよ」

立ちあがった甚兵衛は、口答えする平五の頭を、ぺしりと引っぱたいた。

「見落としがあるかもしれねえだろう」

式台を下り、草履を突っかけたところで、甚兵衛は時助を振り返り、おまえもついてこいと、とがった顎をしゃくった。

番屋の目と鼻の先には金杉橋がある。事件のあった大月屋は、番屋から半町ほど品川のほうに行った表通りにある。雨が降っているので、料理屋や飲み屋は雨戸を閉めているところが多く、普段より明かりが少ない。

水溜まりが提《さ》げた提灯の明かりを照り返していた。

「明日も雨ですかねえ」

「そろそろ梅雨《つゆ》だからな」

平五と時助がそんなことをいいながら、甚兵衛のあとをついてくる。

表戸も雨戸も閉め切られた大月屋はひっそりと、雨の降る夜闇のなかに沈み込んでいた。甚兵衛は庇《ひさし》の下に立って傘を閉じ、戸を開けてなかに入った。

「平五、明かりをつけろ」

指図された平五が、家のなかにある燭台《しょくだい》と行灯《あんどん》に火を入れていった。ついてきた時助もそれを手伝った。

店のなかはひととおりの調べが終わったあと、店のものによって片づけられていたが、障子や襖《ふすま》は破れており、血痕《けっこん》が残っていた。畳にも血だまりの跡があり、血に染まった土間の一部は、そこだけ他より濃い色をしていた。ともかく、凄惨《せいさん》な凶行の痕跡はありありと残っていた。

甚兵衛はあきるほど、現場を見てまわっていたが、さらに細かいところに注意の目を払っていった。だが、これといったものを発見することはなかった。

しかし、二階に上がっていた平五が、階段の途中まで下りてきて、

「旦那」

と、顔色を変えていった。

「どうした？」

「ちょいと来てください。妙なものが……」

「妙なもの……」

甚兵衛は平五について二階にあがった。

二階は住み込みの奉公人の部屋と物置、それから主の子供部屋となっていた。平五が案内したのは物置であった。物置は四畳半ほどの広さで、窓もあれば押入もある。荷物を整理すれば寝起きのできる部屋として使える。

「そこんとこです」

平五が示したのは、押入のなかの一方の壁だった。手燭《てしょく》をかざして見ると、一枚の半紙が貼られていた。甚兵衛はごくっと、喉を鳴らしてつばを呑んだ。

半紙には指に血をつけて書いたと思われる字が書きつけてあった。

甚兵衛は目を瞠り、わずかに声を震わせながら読んだ。

「黒緒の……金松……」

四

夜半に雨は弱くなったが、夜明け頃からまた激しい降りに変わった。

音次郎はほとんど寝ない夜を過ごして朝を迎えた。目をつむれば、今は亡き妻や子の顔が浮かび、それに浜西吉左衛門と伊沢又兵衛の顔が重なった。

妻子を殺したのは、本当に又兵衛なのか……。

寝ようとしてもそのことが頭のなかでぐるぐる回っていた。もし、本当に又兵衛の仕業であったならば、なぜ、自分の妻子を殺す必要があったのだ。

考えられるのは、吉左衛門が又兵衛に指図をしたということだ。吉左衛門は普段から自分のことを快く思っていなかったし、酔った勢いで刀を振りあげてからんでも来た。自分はその刀を折った。あのときの、吉左衛門の血走った目は、まるで昨日のことのように思いだせる。

料理屋の廊下に這《は》いつくばり、涎《よだれ》のような液を口の端から垂らし、獰猛《どうもう》な目でにらみあげてきた。妻子が殺されたのはその数日後のことだった。

死の間際に、お園は浜西吉左衛門の名を口にした。だから、てっきり吉左衛門だと思い込んで敵を討ちに行った。あのときも、吉左衛門は何食わぬふてぶてしい顔で出てきた。

吉左衛門の指図で又兵衛が自分の妻子を斬ったと考えるのは、ある程度筋が通る。

吉左衛門はいう。

「又兵衛、おまえには貸しがある。それを忘れてやるから頼みを聞け」

「何でしょう」

「佐久間音次郎を懲らしめてやりたい。おまえの腕では佐久間には勝てぬだろうから、やつの妻と子をひと思いに……」

又兵衛は臆しただろうが、

「やれぬというなら、貸してある十五両を二日のうちに耳を揃えて返すのだ」

借金の返済を求められた又兵衛は窮し悩んだだろうが、ついに凶行に及んでしまう。

もっとも、これは勝手な推測ではあるが……。

音次郎は天井の梁《はり》を見たまま、台所から聞こえる音に耳をすました。先に床《とこ》を抜けたきぬが朝餉の支度をしているのだ。

音次郎も床を離れて、雨戸を開けた。朝の涼気が肌に気持ちよかったが、すぐにじっとりした湿気が体にまといついてきた。雨は幾分小降りになっていた。

「今日は出かける」

膳部についたとき音次郎はいった。

飯をよそっていたきぬの顔が、はっと上がった。

「お帰りは……」

「遠出はしない。夕刻には戻るつもりだ」

曇っていたきぬの顔に、ホッと安堵の色が浮かんだ。

「雨が降っておりますから気をつけてください」

「うむ」

飯碗を受け取って食事にかかった。今朝はみそ汁ではなく、鯉汁であった。鯉の出汁《だし》がよく出ていてうまかった。

音次郎は食事を終えるとすぐ支度にかかった。雨が降っているので袴《はかま》をつけず、楽な着流しに大小を差した。

「笠はどういたします？」

きぬが土間で編笠を手にしていた。

音次郎は一度外の雨を見て、

「今日は傘だけでよいだろう。編笠に傘は妙だ」

きぬから番傘を受け取って戸口に立った。きぬが切り火を打ってくれる。

「……旦那さん」

傘を差したとき、きぬが不安そうな顔をした。

「いかがした？」

「吉蔵さんから何か悪い知らせでもあったのでしょうか……何だか昨夜から変ですわ」

「……気になることを聞いただけだ。たいしたことではない」

「それならいいのですけど」

音次郎はそのまま雨のなかに出ていった。きぬには吉蔵から聞いたことは伝えていない。もっとも役目についても具体的な話はしないことにしていた。きぬもその辺のことを心得ているのか、あえて聞こうとしない。

竪川に出ると、そのまま川に沿って歩いた。

周囲の風景は雨のせいで白く烟《けむ》って見えた。竪川を西に上っていく舟の荷には菰《こも》が被せてあり、船頭は合羽《かっぱ》を着て棹を操っていた。

音次郎は柳原《やなぎはら》一丁目まで来ると、そこで新辻橋を渡って大横川沿いに歩き深川に入った。小八郎の住まいは深川万年町一丁目、相生橋《あいおいばし》そばにある庄兵衛店《しょうべえだな》だと聞いている。

吉蔵はとくに目立った動きはないと昨日いったが、人相風体のよくない男の出入りがあるらしい。その男たちが黒緒の金松につながっているのか……。

つながっていれば、仕事は早く終わらせることができるかもしれない。そう思うのも、音次郎のなかに焦りがあるからだ。もっと又兵衛のことを知りたかった。できれば、自分で探りを入れたい。だが、それは危険なことだし、慎むべきだった。

又兵衛に探りを入れるということは、自分がいた徒組に接近するということである。自分は死んだことになっている。顔を見られてはならなかった。

小八郎の住む庄兵衛店はすぐわかった。表通りから一筋目の割長屋である。庇《ひさし》から落ちる雨の滴《しずく》が、地面を穿《うが》ち、そこに水溜まりを作っていた。

あいにくの天気のせいで長屋の路地は暗く、じめじめしていた。木戸口で小八郎の家をたしかめ、そばの茶店に足を向けた。

「旦那……」

見知らぬ男が声をかけてきた。黙って見返すと、男は腰を折って頭を下げ、陰気な目を向けてきた。

「吉蔵さんの使いのもので和助《わすけ》と申しやす」

「そうだったか」

「小八郎を見張っていろといわれておりまして」

「変わったことは……」

和助は首を振って今のところはないといった。

「そこの茶店で話を聞こう」

音次郎は和助を誘って、富岡川に面した茶店に入った。庄兵衛店の木戸口が見えるように入口そばに腰かける。

「はじめて見る顔だな」

「へえ、あっしは旦那のことは知っておりました」

「すると、牢屋敷の……」

「へへ、その辺のことはご勘弁ください」

店の老婆が来たので、茶だけを注文して下がらせた。

「風体のよくないものが小八郎の家に出入りしているらしいが……」

「今日はまだ見ません。昨夜ひとりやってきて、二刻ほどして出てゆきました」

「小八郎は？」

「やつはあまり家から出ません。それにあの家は小八郎が借りているんじゃありません。借り主は信三郎《しんざぶろう》という芸者の箱持ちです」

「その信三郎はいるのか？」

「へえ、まだ寝ているはずです。商売柄、起きるのが遅いんでしょう」

「そうか。それで、わかったことは？」

和助は何もないといった。二人は届けられた茶を口に運んだ。

雨のせいか店は暇だった。茶を運んできた老婆は店奥の暗がりで、煙草を喫んでいた。通りを歩くものも普段に比べるとめっきり少ない。

和助は茶を飲むと、見張りに戻るといって店を出ていった。

音次郎はぼんやりと雨を眺めていた。だが、ここにいても埒が明かないと思った。見張りはついているし、何か動きがあれば吉蔵から連絡が入るはずだ。

そんなことを思う音次郎の心は揺らいでいた。危険を承知で伊沢又兵衛に会ってみるか。面と向かい合うのではなく、それとなく様子を窺《うかが》うことはできるはずだ。

はやまったことをして、しくじってはいけないという気持ちと、様子を見るぐらいなら問題ないだろうという気持ちがせめぎ合った。

音次郎は小半刻ほど茶店に腰を据えていたが、思いを決したように表情を引き締め、差料《さしりょう》をつかんで店を出た。

足を向けたのは、亀戸村の家とは逆の方角だった。

五

音次郎は大橋の途中で立ち止まり、雨に烟っている浅草の町屋を眺めた。牢屋敷から出て以来、自分が住んでいた新堀端《しんぼりばた》袋町《ふくろ》の近くには行ったことがない。これから永年慣れ親しんだその地に行くと思うと、にわかに胸が高鳴った。

大橋を渡り両国広小路を横切り、浅草橋を渡った。耳には傘をたたく雨音と、自分の足音しか入ってこなかった。ただ、知った人間に会ってはいけないので、傘の庇で自分の顔が見えないように気を使った。

御蔵前を過ぎると正覚寺《しょうかくじ》裏の馬場を回り込んだ。徒組の拝領屋敷地はそこから目と鼻の先である。自分の住んでいた家もある。

音次郎は周囲に注意の目を配りながら歩いた。徒組は将軍外出時の警護役だから、普段はとくにやることがない。当番組と徒組頭も三日おきに登城するだけだ。

徒組は一番組方から二十番組方まであり、自分の所属する番方が御城内に入るのは半年に一度ぐらいで、あとは番方の組頭の役宅に詰める程度である。それも毎日ではない。

伊沢又兵衛は自宅で待機しているか、組頭の家だろうと推量した。剣術修行に熱心なら、道場に行っているかもしれないが、音次郎が知っているかぎり又兵衛は稽古嫌いだった。

水たまりを避けながら伊予大洲《おおず》藩《はん》下屋敷の角を曲がった。そこから先は徒組の拝領屋敷地だ。

しばらく行ったとき数人の侍が横の路地から出てきた。音次郎はとっさに、庇を下げて顔を隠した。徒組のものだが、同じ番組方ではなかった。だが、知った顔があった。

やはりこのあたりは迂闊《うかつ》に歩けないと思った。それでも、音次郎は自分が住んでいた屋敷を見てみたいという衝動を抑えることができなかった。

さいわい雨が降っているので、傘で顔を隠すことはできる。やがて袋町の通りに出た。町屋と違い武家地は行き交う人の姿が少ない。一軒の木戸門から番傘をさして出てきた男がいた。

音次郎は思わず立ち止まりそうになったが、不審に思われてはいけないと思い、そのまま足を進めた。心の臓がいつになく高鳴っていた。

通りに出てきたのは思いもかけず、伊沢又兵衛だったのである。

傘の庇をわずかにあげて、顔をたしかめた。間違いなかった。

向こう気の強そうな顔つきを、厚い唇が強調している。ちらりと窺《うかが》い見た音次郎はすぐに傘の庇を下げてすれ違った。素足に雪駄履きの又兵衛の足が見えた。

しばらく行って、音次郎は振り返った。どこへ行くのかわからないが、馬場のほうに曲がった。音次郎は数瞬迷ったあとで又兵衛を尾けはじめた。

雨は弱くも強くもならず、一本調子で降りつづいていた。

御蔵前の通りに出た又兵衛は両国方面に向かっていた。大通りになると、人の姿が増え、尾行がしやすくなった。又兵衛は浅草瓦町の蕎麦屋《そばや》で中食《ちゅうじき》を取り、そのあとで浅草橋に近い左衛門河岸の近くにある白樹館という道場を訪ねた。ここは数年前から人気の出ている無外流の道場だった。

だが、又兵衛は稽古に参加するでもなく、道場隅に座って稽古を眺めていた。音次郎は濡れた柿の下でその様子を遠目に見ていた。

道場には活気があった。若い門人が立ち合い稽古に汗を流し、威勢のいい気合を響かせていた。又兵衛は一刻ほど稽古を見学して道場を出た。

つぎに行ったのは、両国広小路だった。こちらはとくに何をするでもなく、ただの暇つぶしのように思われた。江戸一番の広小路も雨の日は、さすがに人出が少ない。それでも見世物小屋や食い物屋の呼び込みは声を張りあげており、矢場では歓声があがったりしていた。少ないながらも、軒先を借りて曲芸をする大道芸人の姿もあった。

又兵衛はそんな盛り場をひとめぐりすると、また来た道を戻って、浅草のほうに足を向けた。つぎに立ち寄ったのは、御蔵前の居酒屋であった。いい気なもので、暇にあかしての昼酒である。一刻半ほど酒を飲むと、そのまま家路についた。

それが、又兵衛のその日の行動だった。

音次郎がきぬの待つ家に帰ったのは、あいにくの天気であたりが普段より薄暗くなった夕七つ（午後四時）頃だったろうか。

吉蔵が訪ねてきたのは、それから間もなくのことだった。

「旦那、やはりあれは伊沢又兵衛の仕業だったのかもしれません」

顔を合わせるなり、吉蔵はそんなことをいった。

六

かっと目を瞠った音次郎は、吉蔵を居間にあげ、例によってきぬに席を外させた。吉蔵から知らせを受ける場合は、いつもそのようにしている。

「詳しく話してくれ」

「へえ、旦那のお内儀と正太郎殿が不幸にあわれた日のことです。その日、伊沢又兵衛は組頭の家詰めだったそうですが、上役に体の不調を訴え早退《はやび》けをしたといいます」

音次郎は食い入るように、吉蔵の動く唇を見つめていた。

「しかし、伊沢はそのまま家に帰った様子はありません。帰ったのは、その夜、宵五つ（午後八時）頃だったことがわかっています。とくに体に変調はなかったと、伊沢の家に雇われている女中は申しているそうで」

「聞くが、この件は吉蔵、おまえが調べたのか？」

「いいえ、手配りをされたのは青山様です」

青山……。

胸の内でつぶやいた音次郎は、背が高く涼しい目をしている牢屋同心筆頭の青山長右衛門を脳裏に浮かべた。

「それじゃ、又兵衛は役宅を出てどこへ行ったのだ？」

「家のものには黒船町の宮川で飲んできたと申したそうですが、その夜、伊沢が宮川に立ち寄ったというものはいません」

「宮川へ聞き込みがなされたのだな」

「さようです。件《くだん》の日のことは、役宅詰めの上役がよく覚えていたそうです。伊沢は普段になく朝からそわそわと落ち着きがなかったと……また、体の変調は偽りのようであったとも。さらに、その上役は役宅を出たあと宮川に立ち寄っております」

音次郎は黒い塊を包んでいた薄皮が少しずつ剝がれていくのを感じた。伊沢又兵衛への嫌疑は濃くなるばかりである。だが、なぜあの又兵衛は、自分の妻子を殺《あや》めなければならなかったのか……。音次郎にとって最大の疑問であるが、これは本人に問い質《ただ》すしかないだろう。

「もはや伊沢又兵衛への疑いは拭いようがないと思いますが、確たる証拠をつかめとおっしゃれば、調べを進めますが……」

吉蔵は白濁した左目の瞼を動かした。音次郎はしばらく考えていたが、これ以上吉蔵や青山の手を借りる必要はないと判断した。

「……大儀だった。青山様に礼をいっておいてくれ」

「それじゃ……」

「うん、これ以上手を煩《わずら》わせたくはない」

「承知しました。あとは旦那におまかせします。それで、例の小八郎のことですが、やつに関わっているものが今少しはっきりしません。もう少し様子を見ます」

「そのことだが、小八郎は牢屋敷での調べの折、黒緒の金松のことを口にしたと、囚獄より聞いているが、いったいどんなことをいったのだ？」

これはずっと気になっていることだったし、囚獄から具体的なことは聞いていなかった。

「小八郎が捕まったのは、粂市《くめいち》という芸者殺しでした。本人は殺しちゃいないといっておりますが、周囲の話を拾うかぎり嫌疑は濃厚です。ですが、殺された粂市は黒緒の金松の息がかりだったと小八郎は申し、そんな女に手を出すわけはないと、そのように申し開きをしております」

「それじゃ小八郎も黒緒の金松のことを知っているのではないか……」

「いえ、その辺がどうも曖昧なんです。やつは他人から金松のことを聞き知ったようでもあり、また直接会ったようでもあります」

「責めて口を割ることはできなかったのか?」

「拷問は受けておりますが、その辺のことになると……」

吉蔵は顔をしかめて、首筋の汗をぬぐった。

「それじゃ口から出任せということもあるのではないか」

「ですが、黒緒の金松のことを口にしている以上、何か知っているはずだと囚獄はお考えなのでしょう。それから、もうひとつお耳に入れておくことがあります」

「なんだ」

「もう四、五日前になりましょうか、芝金杉通に大月屋という大きな米問屋があります。その店が黒緒の金松に襲われたことがわかりました。二千両が盗まれ、主家族以下住み込みの使用人が殺されております。金松の仕業だとわかったのは昨夜のことです」

「どうして、金松だと……」

「二階の押入に黒緒の金松という、血文字で書かれた紙が貼りつけてあったそうです。町奉行所を嘲笑《あざわら》うような仕業だと、南町奉行・池田筑後守《いけだちくごのかみ》様は大いにご立腹され、配下に大号令をかけられているそうです」

「それじゃ御番所の捕り方とおれたちの調べがぶつかるのではないか」

「その辺はうまくやれとのことです。いずれにしろ黒緒の金松は、召し捕らえなければなりません。町方が先に捕まえれば、それはそれでよいのではありませんか」

「……わかった。ともかく小八郎は今しばらく泳がせておくということだな」

「さようで……」

そう応じた吉蔵の目がきらりと光った。おそらく音次郎の心中を読んだのであろう。

七

吉蔵が帰ったあとも、音次郎は居間に座ったままだった。宙の一点を凝視し、今にも荒れ狂いそうになる気持ちを抑えていた。

「旦那さん……」

吉蔵を送って戻ってきたきぬが土間に立っていた。その声は消え入りそうだった。

音次郎は静かにきぬを見た。

「もしや、旦那さんの敵が……」

音次郎はじっときぬを見つめた。席を外し、他のことをしていたきぬだが、狭い家のなかであるから、声の断片は聞こえていたのであろう。

「そうなのですね」

「……うむ」

音次郎はそう応じて縁側に立ち、いつやむともしれぬ雨を眺めた。

「きぬ、明日は遅くなるやもしれぬ」

返事はなかったが、きぬがうなずくのがわかった。

翌朝、音次郎は刀の手入れを終え、昨日と同じように傘を差して家を出た。その背中には、無事を祈るきぬのすがるような眼差しが向けられていた。

ついにこの日がやってきたか……。

雨のなかを歩く音次郎の胸には万感の思いがあった。その目は獲物を狙う鷹のように光り輝いていた。

歩を進める内に、幼かった正太郎と妻・お園の顔が瞼の裏に浮かんだ。ようやく思いを遂げられる。これでおまえたちも浮かばれるというものだ。

傘の庇をあげ、雨を降らす遠くの空を見た音次郎は、くっと唇を引き結んだ。

伊沢又兵衛には家族があった。同じ徒組に勤める父親と母親、そしてひとりの妹。

音次郎は又兵衛の両親や妹と深いつながりはないが、会えば挨拶をし、短い言葉を交わしたことも何度かある。

その家族のことを思うと、何ともやるせない気持ちにもなるが、又兵衛を見過ごしておくわけにはいかない。

その又兵衛の家の前に音次郎は来ていた。訪ねるわけにはいかないから、そのまま素通りし、裏にまわった。拝領屋敷はどこも同じような造りである。百六十坪ほどの土地に母屋が建てられ、庭と畑がこしらえられている。なかには土地の一部を他人に貸し、賃料を稼ぐものもいる。

又兵衛の屋敷には竹塀がめぐらしてあり、裏には勝手口も設けられていた。竹塀越しに屋敷内をのぞき見たが、風入れと明かり取りのために、一部の雨戸が開けられているだけで、他は閉められていた。

庭には枇杷《びわ》の木があり、色づいた実が見られた。勝手口のそばに咲く紫陽花《あじさい》が雨に濡れ、大きな葉に一匹の雨蛙が張りついていた。

又兵衛が在宅なのか、そうでないかの判断はつかなかった。当番日であれば、組頭の役宅に詰めているはずだが、役宅に近づくのは危険だった。

また、拝領屋敷地をうろつくのも慎むべきだった。さいわい雨のおかげで人通りは少ないが、あやしまれて声をかけられるようなことがあってはならない。

音次郎は適当な時間を置いて、又兵衛の家の前を流すように歩いた。顔を知っているお内儀と鉢合わせしそうになったが、あとは顔見知りに出会うことはなかった。ずぶ濡れの御用聞きと、大八車を引いていく人足とすれ違った程度だ。

だが、待った甲斐《かい》があった。

それは、浅草寺の時の鐘が昼九つ（正午）を知らせて間もなくのことだった。昨日と同じような出《い》で立ちで、傘を差した又兵衛が通りに出てきたのである。

音次郎は周囲に十分な警戒の目を配ってから又兵衛を尾けはじめた。昨日と違い、又兵衛は町屋を南北に走る新堀川沿いに歩いてゆく。川の向こう側は武家地だが、又兵衛が歩くのはその界隈にある寺の門前町だった。新堀川は大まかに浅草寺北方の坂本村から御蔵前までを流れる幅二間半の小さな堀である。

雨を受ける堀川の水の量はいつもより増えており、濁っていた。

雨でぬかるむ道を歩く音次郎は草鞋履きであったが、すでにぐっしょり濡れていた。前を行く又兵衛は、素足に雪駄である。その白い足裏がときどき垣間見えた。音次郎はどこで声をかけるかと考えた。人目を避けるために、夜まで待つべきかもしれない。だが、気の長いことをしている場合ではなかった。

音次郎は又兵衛が西福寺《さいふくじ》に差しかかったときに足を速めた。背後を振り返ったが人の姿はなかった。さらに西福寺の裏通りにも。

又兵衛の背中が大きくなってきた。その差が四、五間になったとき、又兵衛が振り返った。音次郎は傘を前に倒し、顔を見られないようにした。さらに足を速め、又兵衛を追い越すなりくるりと振り返り、前に倒していた傘の庇をゆっくり持ちあげた。

足を止めた又兵衛は、一瞬、人を咎《とが》めるような険しい顔をしたが、それが驚きに変わり「あ」と、小さな声が漏れた。

「……又兵衛、久しぶりだな」

第三章　小八郎

一

伊沢又兵衛は目を瞠《みは》り、あんぐり口を開けていた。その顔に雨粒が張りついた。

「幽霊とでも思っているか。足はついている。そこまでついてまいれ」

又兵衛は束の間躊躇《ためら》いを見せた。

「……ど、どうして……」

「逃げたら、斬る。来い」

有無をいわせず音次郎がうながすと、又兵衛は呆然《ぼうぜん》とした顔のままついてきた。

西福寺《さいふくじ》は鶯《うぐいす》の名所として有名であるが、この雨の日に清らかな声は聞かれない。それにもうその時期も過ぎている。同寺は、松平良雲院とも称し、徳川家との縁も少なくない。

雨のせいで参詣《さんけい》客は見られなかった。境内には杉や竹の木立があり、低い竹垣をめぐらした小庭が点在している。松の木が思い出したように立っており、本堂につながる小道のところどころに塔頭《たっちゅう》があった。

音次郎は池のそばにある藤棚《ふじだな》の前で振り返った。又兵衛は青い顔をしていた。

「何かいうことはないか……」

又兵衛は、そこに音次郎がいるのをまだ信じられないという顔をしていた。だが、喉仏を動かしてから、声を震わせた。

「ほ、ほんとに佐久間さんなのですね……」

「別人に見えるか？」

「死罪になったのではなかったのですか？」

「殺されていれば、こんなところにはおらぬ」

「で、でも、どうして？」

「又兵衛、おれがなぜ牢獄につながれたかそのわけは知っておろう」

「そ、それは浜西さんを……」

「そうだ、浜西吉左衛門を斬ったからだ。おれの妻と子を殺したのが吉左衛門だと思ったからだ。だが、そうではなかった」

音次郎は短い間を置いてつづけた。

「おまえは吉左衛門が死んで、ホッとしたのではないか」

又兵衛の厚い唇が震えるように動いた。

「吉左衛門に借金があったそうだな」

「そ、それは……」

「何かいいわけでもしたいか？　吉左衛門はおれのことを快く思っていなかった。よもやおまえは吉左衛門に頼まれて、おれの妻子を殺したのではあるまいな」

「……そんなことは」

「ないと申すか」

音次郎が傘を落とし、刀の柄《つか》に右手を添えると、又兵衛は足を一歩引いて下がった。

「嘘を申すな。どうなのだ」

「そんなことは……」

「ないか……だが、おれは妙なことを耳にした」

そういった音次郎は、吉蔵から聞いたことを早口で話した。又兵衛の顔色がみるみる変わり、ついには紙のように白くなった。

「おまえはあの日、組頭の家を嘘をついて早退けし、そのままおれの家に行きお園と正太郎を殺《あや》めた。違うか……」

音次郎は険しい目をして又兵衛に詰め寄った。又兵衛は気圧《けお》されたように下がった。

「吉左衛門から借りた十五両の金はどうした？」

「そ、それは……」

「返したのか？」

「あ、はい……」

「又兵衛、おれの妻と子が殺された日のことを詳しく話して聞かせろ」

「そんなことは……よく、覚えて……」

音次郎はいきなり抜刀し、又兵衛の傘を斬った。ばさりと音がして、又兵衛は肝を冷やした顔で、傘を落とした。又兵衛のその顔に、雨滴が点々と張りつき、やがてしずくとなって頬をつたい落ちた。

「そんなこととは、どういうことだ！　いってみろ！」

刀の切っ先を又兵衛の喉に向けた。

「わたしは何も知りません。何も知らないのです」

「嘘をいうな。あの日のことを正直に話せ」

音次郎がそういって間合いを詰めたとき、又兵衛が身をひるがえした。だが、逃げることはできなかった。音次郎が俊敏にその後ろ襟をつかんで引き倒したのだ。

仰向けに倒れた又兵衛の喉に刀の切っ先をあてた。

又兵衛は一度目を強く閉じてつばを呑《の》み、それから怯《おび》え切った目で音次郎を見あげた。

「やましいことをしていなければ、いえるはずだ。……いえ」

「ご、ご勘弁を……ど、どうかご勘弁を……」

音次郎は眉間《みけん》にしわを寄せた。

「いわぬか」

「そ、そんなことがあろうとは思いもしなかったのです」

「……なんだ?」

「いいます。いいますから、刀を引いてください」

音次郎は刀を引いた。又兵衛は半身を起こして、両手を地面についた。

「わ、わたしは浜西さんに借金の返済をしつこく迫られていました。ですが、なかなか返すことができず、博打《ばくち》で稼いで返そうとしましたが、その博打でまた借金を作ってしまい、にっちもさっちもゆかなくなり、魔が差して……」

「魔が差して……」

「はい。かねてより目をつけておりました医者の家に盗みに入ったのです。ですが、そのときある子供に見られてしまい」

「まさか、正太郎……」

又兵衛は認めるようにうなずいた。

「貴様は、それで正太郎を斬ったのか……」

言葉がつづかなかった。

「ご勘弁を。ご勘弁を……」

又兵衛は土下座して、雨溜まりに額をつけた。

「正太郎に盗みを見られたから斬ったというのか。ついでに妻をも……」

かっと目を剝《む》いた音次郎は、必死に許しを請う又兵衛を蔑《さげす》んだ目で見下ろした。

「……お園は死の間際に、浜西のことを口にした。それはなぜだ?」

「わたしは頭巾をして家に押し入り、浜西吉左衛門だと何度もいいました。恨みを晴らしに来たと。浜西さんが佐久間さんを妬《ねた》んでおられたのはよく知っておりましたから、そんなことを口にしたんです」

音次郎は一度天を仰いだ。腹の底にたとえようのない憎悪と怒りが煮えたぎっていた。だが、頭の隅の、また隅で冷めた考えが浮かんだ。浜西の家族はおそらく自分を恨んでいる。もちろん主である吉左衛門を斬ったのは自分であるから、恨まれても仕方がないが、それには又兵衛がからんでいたのだ。又兵衛が邪《よこしま》なことをしたばかりに、自分は吉左衛門を斬ることになったのだ。そのことを又兵衛に弁明させるべきか……どうか……。

……いいや、それはできぬ。

音次郎は一切の感情をなくした目で、震えながら許しを請う又兵衛を見下ろした。そのとき目が合った。と、とっさに又兵衛が地を蹴《け》って逃げた。慌てるあまりに雪駄が脱げて、後ろに跳ね飛んだ。

「又兵衛ッ」

一喝するなり音次郎は又兵衛を追いかけた。四、五間走ったところで、又兵衛が振り返りざま刀を抜いて身構えた。

音次郎は愛刀を片手に持ったまま近づいた。又兵衛が撃ちかかってきた。

ちーん。

音次郎は生ぬるい撃ち込みを軽く弾いた。又兵衛の刀が横に流れ、体が泳いだ。瞬間、音次郎の刀が降りしきる雨を切って一閃《いっせん》した。

又兵衛の体が二つに折れ、前にのめった。音次郎は容赦しなかった。返す刀で、又兵衛の後ろ首を斬り抜いた。

勢いよく血飛沫《ちしぶき》が散り、濡れた地面に広がった。

「愚かなことを……愚かなことを……」

音次郎は斬り倒した又兵衛を見下ろしながら、小さなつぶやきを漏らした。

二

「舟が二艘《そう》……」

雁木のそばに立つ清村甚兵衛は、そんなつぶやきを漏らして入間川を眺めた。そこは本芝一丁目と本芝材木町（現在の港区芝四丁目あたり）を渡す、廻《まわ》り橋のたもとにある船着場だった。

その朝の聞き込みで、二艘の荷舟が盗まれたことがわかっていた。盗まれたのは、大月屋が襲われる前の日である。

「黒緒の金松一味はここで舟を調達して、二千両を積んで逃げたというわけだ」

「旦那、濡れますよ」

甚兵衛が歩きだしたので、傘を差しかけていた小者の平五が慌てた。甚兵衛は取り合わず、自分の傘を差した。

「平五、やつらはどこへ逃げたと思う？」

「さあ、どこでしょう」

「おまえだったらどこへ逃げる？」

聞かれる平五はさかんに首をかしげるだけだ。

「市中だと思うか……それとも江戸から離れたと思うか？」

「……あっしでしたら、江戸からさっさと逃げると思います」

「くそ。そうすると、おれたちの手に負えないってことじゃねえか」

忌々《いまいま》しそうに吐き捨てた甚兵衛は、東海道に出ると芝橋の上で立ち止まった。

「市中に逃げていてくれりゃ……」

ぎらつく目で、江戸湾のほうを見た。

定町廻り同心は御府内墨引地《すみびきち》内が管轄地域である。その境界線を越えての罪人の追跡はできなかった。

川下の町屋は降りつづく雨のせいで、霧に包まれたように烟《けむ》っていた。甚兵衛はそんな景色を見るともなしに見つづけた。

黒緒の金松は今年になって市中を騒がせている極悪非道の盗賊だった。探索には町奉行所だけでなく火盗改めも乗り出していると聞く。このところ手柄を立てていない甚兵衛には、そんな大物を捕まえてみたいという功名心があった。

ぼんやり景色を見ていると、そばを牛に引かせた大八車が通っていった。

「旦那、どうします？　聞き込みはずいぶんしていますが……」

「……そうだが、何としてでも足取りをつかまないとな」

「でも、どうやって……」

「たまには自分の頭で考えられないのか……馬鹿がッ」

罵《ののし》られた平五は肩をすくめた。

「やつらは舟で逃げた。舟に金を積んで……。あの晩もこんなふうに雨が降っていたはずだ。すると海も穏やかではなかっただろう」

「荒れた海に舟を出すのは並大抵なことじゃありませんよ」

「だが、やつらは金のためなら命を張る悪党だ。海が荒れようが……」

甚兵衛はそこで、はっと何かに気づいた。

「おい、荒れた海に舟を漕ぎ出すってえのは大変なことだな」

「そうですね……」

「普段舟に慣れていないやつらにできると思うか？」

「そりゃ無理でしょう」

「と、すると……舟を操り慣れているやつじゃなきゃできねえってことだ」

「そうですね」

甚兵衛は川下の町屋に再び目を向けた。このあたりは昔からの漁師町である。舟に慣れたものが多い。もしや、そんなものが賊のなかにいたかもしれない。あるいは雇われたものがいるかもしれない。

甚兵衛は我ながら、自分のひらめきに感心した。

「平五、漁師をあたる。漁師でなくても釣り舟の船頭や船宿の船頭もだ。いいか、虱《しらみ》潰《つぶ》しにあたるんだぜ」

「へ、へい」

三

その朝、雨はやんでいた。久しぶりに鳥たちも鳴き騒ぎ、水田に棲む蛙たちの声もかしましくなっていた。かといって、すっきり晴れているわけではない。ときおり雲の隙間から日が射すぐらいで、太陽は鼠色《ねずみいろ》の雲の向こうにぼやけていた。

音次郎は家の近くにある泉で顔を洗い、髭《ひげ》を剃《そ》った。この湧水があるために井戸はいらなかったし、水に困ることもなかった。

伊沢又兵衛が妻子を殺した下手人だったとは思いもしなかったが、これでようやく敵《かたき》を討つことができた。喉の奥につかえていた魚の小骨がやっと取れた思いだが、かつての下役だった又兵衛を斬ったことは気持ちよいものではなかった。

だが、そんなことをいつまでも引きずっているわけにはいかない。自分には役目があるのだと、いい聞かせていた。

髭をあたってさっぱりした音次郎は、家に戻って早速朝餉《あさげ》の膳についた。

「よく眠れましたか？」

きぬが飯碗を差し出しながら聞いてくる。

「ああ、よく寝た」

「その前の晩は何度も寝返りを打たれていたので、気になっていたのです」

「そうか……」

音次郎は鯵《あじ》の干物をつついた。

そんな様子を、きぬは穏やかな顔で眺めている。

「なかなか晴れてくれませんね」

「そうだな。じめじめした天気がつづくと、気持ちまで塞《ふさ》いでしまいそうだ」

「洗濯ができなくて困ります。昨日お召しになっていたものを洗いたかったのに……」

きぬはさりげなくいったのだろうが、音次郎は箸《はし》を止めた。昨日着ていた着物には、又兵衛の返り血がついていたのだ。おそらくきぬは敵を討ったことに気づいているのだろう。だが、そんなことを自慢そうに教える必要はなかった。自分の胸にしまっておけばいいのだ。敵を討ったからといって、今の境遇が変わるわけではない。

「お代わりは……」

「いや、もうよい」

音次郎は茶を受け取って飲んだ。それからきぬを眺めた。視線に気づいたきぬが小首をかしげた。

「どうかされましたか?」

「いや、おまえは美しい。……そう思っただけだ」

本心だった。だが、なぜ自分がそんなことを、唐突にいったのかわからなかった。何となくいわずにおれなかったのだ。きぬは首筋から耳たぶまで赤くして、うつむいた。

「突然、変ですよ」

きぬは照れを誤魔化すように片づけにかかった。

その日、日に一度は必ずといっていいほどやってくる吉蔵は、昼を過ぎても現れなかった。いつも来る人間が、突然こなくなると気になるのは音次郎も同じである。縁側に腰をおろし、読書をしながら、ときどき表に目を向けていた。

手にしているのは、山東京伝《さんとうきょうでん》の洒落本《しゃれぼん》だった。ときどききぬが音次郎のために借りてくれるのだ。余談だが、山東京伝は、幕政に力を注ぎはじめた松平定信の指図で、この三月に版元の蔦屋重三郎《つたやじゅうざぶろう》とともに処罰を受けていた。いわゆる寛政の改革が始動したのは、この年からである。

音次郎が手にしているのは違反本ではあるが、市中にはそんな本が結構出回っていた。幕府の厳しい目も隅まで行き渡らないのであろう。

和助がひょっこりやってきたのは、空を覆っていた雲が久しぶりに払われ、西の空が夕日に染まりはじめた頃だった。

「旦那さん……」

と、きぬに不審げな顔で声をかけられて、音次郎は和助に気づいた。

「あれは吉蔵の下役だ」

そういってから音次郎は和助を縁側に呼んだ。

「何かあったか?」

「いえ、よくはわかりませんが、吉蔵さんから言付けを預かってまいりました」

「なんだ?」

「へえ、六つ半（午後七時）過ぎに名無し飯屋に来てくれとのことです」

「動きがあったのだな」

「あっしにはよくわかりませんが、おそらくそうでしょう」

和助は好奇心の勝った目を家のなかに向けながら応じた。

「六つ半に名無し飯屋だな。心得た」

「それじゃ失礼いたしやす」

茶を淹《い》れていたきぬが、もうお帰りと、台所でぼんやりとつぶやいた。

和助から言付けを預かった音次郎は、その夜、約束の時刻より早く名無し飯屋に行って腰を据えた。その店の客は得体の知れないものが多い。大方、日傭取《ひようと》り人足と思われるものがほとんどだが、無精髭に総髪というむさ苦しい浪人の姿もある。

店には暖簾《のれん》も出ておらず、戸障子に○に飯と書かれたかすれた字が、かすかに読みとれる程度だ。場所は深川六間堀、山城橋の近くである。岡場所がそばにあるので、宵闇が濃くなると私娼が立ち、通行人にあやしげな声をかけてくる。

音次郎は注文した酒をちびちび舐《な》めるように飲んで、吉蔵を待った。酒は下級の品だろうが、品数の少ない肴《さかな》はどれを食っても妙にうまかった。

吉蔵がやってきたのは、半合ほど飲んだときだった。急いできたらしく顔中に汗粒を張りつかせていた。

「遅くなって申しわけありません」

「そんなに待ったわけではない。やるか」

音次郎は吉蔵に酌をしてやった。

「……うめッ。……旦那、敵を討たれましたね」

吉蔵は盃をほしてからいった。音次郎は何も答えず手酌をした。

「今日、西福寺で殺しがあったというのを耳にしました。それから、殺されたのは伊沢又兵衛だと」

「それはもうよい。おまえには世話になった。礼をいう」

音次郎は頭を下げてから、言葉を足した。

「それで何か動きがあったのだな」

「へえ」

吉蔵は目を光らせた。

「小八郎の家に出入りするのは、あの家を借りている信三郎という箱持ちの仲間ばかりです。この信三郎って野郎はもとは火消し人足で、千住の地回りとつるんだりしてきた一癖ある男です。見た目は優男《やさおとこ》ですが、抱えられている芸者の用心棒を兼ねているようなんです」

「小八郎はなぜそんな男の家に……」

「子分のように信三郎に媚《こ》びへつらっているだけです」

「それじゃ、黒緒の金松とのつながりは？」

「さっき、青山の旦那が信三郎を締めました」

「締めた……」

もちろん殺したのではなく、強引な問い詰めをしたということだ。

「へえ、どうやら信三郎は金松のことは、これっぽっちも知らないようです」

吉蔵は親指と人差し指を合わせて、言葉を継いだ。

「こうなったからには直接小八郎に近づくしかないと、青山の旦那はいいます」

吉蔵はじっと音次郎を見た。

牢屋同心筆頭の青山長右衛門の指図はつまり、囚獄の指図と考えていい。

「小八郎が放免になってからもう大分日がたちます。旦那がやつに近づいても、そうおかしくは思われないはずです」

音次郎は牢屋敷内でそれとなく自分が放免されることを、小八郎にほのめかしている。吉蔵がいうように、小八郎は深く疑いはしないだろう。

「それじゃ早速小八郎に……」

「今からでなく、明日でいいでしょう。この先はどうなるかわかりませんので……」

吉蔵は懐から紙包みをつかみだして、他の客にわからないように音次郎に渡した。支度金である。包みの大きさと重さから十両ぐらいだとわかった。

「明日の朝、やつの家に行けばよいか？」

「直接家を訪ねるのはまずいでしょう。偶然通りで出会ったようにしてもらいます」

「それまでは……」

「やつの家の近くには和助が張り込んでいます。逃げられることはないでしょうが、明日の朝早く家の近くへ行ってください。あっしも向かいます」

「わかった」

音次郎は盃を一息にあおった。

四

「母上、明日は晴れるかもしれません」

浜西晋一郎《しんいちろう》は雲の切れ間に星を見つけて、

「ほら、あそこに星が……」

縁側で一方を指さすと、洗い髪に櫛《くし》を通していた母の弓《ゆみ》がやってきた。

「本当に……こうじめじめした日ばかりだと気まで滅入ってきます。お天道様が恋しいわね」

そういった弓は、また居間に戻って髪をとかしはじめた。

晋一郎は縁側に腰をおろしたまま、きらきら輝く星を見つめた。亡き父があの星かもしれないと思った。

その日、晋一郎は通っている道場で稽古《けいこ》試合をやり、それまで一度も勝てなかった同輩弟子に勝ったばかりでなく、兄弟子ひとりに打ち勝って気をよくしていた。もっと、強くなりたいと思うのはいつものことだが、何だか自信がついてきた。

頰をゆるめ、視線を下げたとき、迷い飛ぶような小さな光が見えた。

「……蛍《ほたる》」

声を漏らした晋一郎は蛍の行方を追った。剣術の腕が上がったのを喜ぶ父が、蛍に成り代わって現れたのかもしれないと思った。

「母上、蛍です。父上が来てくれたのかもしれません。今日試合で勝ったから、お祝いに来てくれたのかも……ほら、見て」

髪を束ねた弓はやさしげな笑みを浮かべて、庭に目を向けた。

「おまえの父上ではなく、ひょっとすると伊沢様かもしれませんよ」

「……そうか。……伊沢さんかもね」

伊沢又兵衛が何ものかに斬り殺されたのは昨日のことだった。しかも、父の菩提寺《ぼだいじ》である西福寺の境内だった。伊沢又兵衛は父・吉左衛門を慕い、よく遊びに来てくれ、晋一郎を可愛がってもいた。ときどき表で会うと、気さくに声をかけてもくれた。

そんな又兵衛が、まさか殺されるなんて思いもしないことだった。

「さあ、晋一郎。そろそろ雨戸を閉めて休みなさい」

弓にいわれた晋一郎は素直に腰をあげたが、そのとき提灯《ちょうちん》を下げて木戸門から入ってくる人の姿があった。

「……お祖父《じい》さん」

「おお、晋一郎。起きておったか。お弓さんも起きているか？」

「はい」

「ちょいとお邪魔するよ」

やってきたのは祖父の浜西吉右衛門《きちえもん》だった。弓が戸を開けると、吉右衛門は提灯をたたんで家に入ってきた。

「遅くに悪いと思ったのだが、どうにもじっとしておれなくなってな。いや、これはありがたい。丁度茶を飲みたいと思っていたところなのだ」

居間にあがり込んできた吉右衛門は、喪服の羽織を脱いで弓の差し出す茶を受け取った。

伊沢又兵衛の通夜帰りらしく、吉右衛門は酒の匂《にお》いをさせていた。

「何かございましたか？」

弓が浴衣の襟をかき合わせて聞いた。

「うん、通夜の席であれこれ話が出てな。これ、晋一郎。おまえもこれへまいれ」

晋一郎はそばに行って座った。

「又兵衛を殺した下手人のことだがな……」

吉右衛門は声をひそめて晋一郎と弓を見た。

「ひょっとすると、佐久間かもしれぬのだ」

「えっ」

という声を、晋一郎と弓は同時に漏らしていた。

「それに、又兵衛がこの家に、いや吉左衛門に十五両の借金があったのは聞いておるか？」

「それとなく聞いてはおりましたが、あの金は夫が亡くなったあとで返してもらっております」

弓が答えたが、晋一郎の知らないことだった。

「そうであったか。だがな、徒組内《かちぐみ》では妙な噂《うわさ》も立っておった。吉左衛門の借金を払えぬ又兵衛が、佐久間の妻と子を斬ったのではないかとな。わしはそんなことはないと一笑に付したのだが、組内のものはあるかもしれぬというのだ」

「どういうことでしょう……」

問う弓の目があわい行灯《あんどん》の明かりを照り返していた。

「吉左衛門と佐久間は日頃からあまり仲がよくなかったようでな、それに二人は刃傷沙汰の騒ぎも起こしているし、吉左衛門は大事な刀を佐久間に折られてもいた」

晋一郎もそのことは覚えている。

「それで組内のものは、借金を反故《ほご》にする代わりに、吉左衛門が又兵衛に佐久間を暗殺するようにほのめかしたのではないかというのだ。もちろん、吉左衛門がそんな卑《ひ》怯《きょう》なことをするとは思わぬ。そんなことをいったやつも、酒に酔って口が滑ったのだとは思うのだが、わしは気になってもっと聞いてみた」

「すると……」

晋一郎は思わず声を漏らしていた。吉右衛門が大きく禿《は》げ上がった額を向けてきた。

ちょこなんと結われた髷《まげ》には、白いものが目立つ。

「うん。又兵衛はなかなか向こう気の強いやつだが、佐久間に勝てるような剣の腕は持っておらぬ。よしんば闇討ちをかけたとしても、返り討ちにあうのが落ちだろう。又兵衛もそのことはよくわかっていたが、何とかしなければならなかった。それで佐久間本人を襲わず、やつの妻子を殺したのではないかというのだ」

「まさか、そんなことが……」

弓は否定したが、吉右衛門はいやいやと首を振った。

「それがあながち、まったく違うとはいえないようなのだ。佐久間の妻子が殺された日、つまり佐久間が吉左衛門を殺した日になるわけだ。ところがその日、組頭の屋敷に詰めていた又兵衛は、仮病を使って早くに帰ったそうなのだ。だが、やつはそのまま家に帰らず、どこかに行っていたとな。しかもどこへ行っていたのか、誰も知らないのだ」

「……それじゃ、その……」

言葉を詰まらせた弓は、何かを思案するように視線を泳がせた。晋一郎も弓が何を考えているのかわかり、そのことを先に口にした。

「すると、佐久間は父上が佐久間の家族を殺したと思い込んで、父上を討ちに来たということなのでしょうか……」

「まあ、そうなるのだが、どうも納得はゆかぬ。ともかくそんな話が出たのだが、大事なところはこれからだ。お弓さん、もう一杯茶をくれぬか」

吉右衛門は弓の入れ替えた茶を口に含んでから話をつづけた。

「さっきいったことだが、又兵衛殺しの下手人は佐久間ではないかということだ。それは今話したことを考えれば、何となく辻褄《つじつま》は合う」

「でも、あの男は牢屋敷で……」

「だから、お弓さん。やつは死罪になってなどおらぬのだ。何度も申しているではないか。それにあやつに似た男を見たものもいるのだ。ま、それはいいとして、又兵衛が殺される前におかしなことがあったらしい」

「………」

晋一郎は息を詰めた顔で祖父の話に聞き入っていた。

「おかしなことというのは、又兵衛について町方らしいものが探りを入れてきたということだ。そのものは又兵衛の人品や行跡を聞きまわっておるのだが、とくに念を入れて調べていたのが、佐久間の妻子が殺され、佐久間が吉左衛門を斬る前のことらしい。これをどう思う？」

吉右衛門は晋一郎と弓を交互に見た。晋一郎も弓も張りつめた顔をしていた。

「又兵衛に探りを入れていたものは、御番所の人間ではないかもしれぬ。佐久間がひそかに調べさせていたのかもしれぬ。いや、そうだと考えれば、佐久間は又兵衛が自分の身内を殺した張本人だということを知り、そして討ち取った……」

「でも、そんなことが……」

途中で口をつぐんだ弓は、吉右衛門が佐久間音次郎は生きているということに半信半疑である。晋一郎も当初は半信半疑だったが、佐久間は生きているという祖父の話を何度も聞いているうちに、そうではないかと思っている。

「わしは又兵衛は佐久間に殺されたのではないかと思うのだ」

「ほんとに佐久間が生きていれば、それはあり得る話だと思いますが……」

「お弓さん、だからやつは生きているのだ。晋一郎」

吉右衛門は膝を動かして晋一郎に正対した。

「爺《じじ》の推量は狂っておらぬと思う。晋一郎、あきらめてはならぬぞ。おまえの父の敵はきっと討たねばならぬのだからな。わかっておるな」

「……はい」

晋一郎は吉右衛門の目をしっかり見て答えた。

五

雨はやんだが、すっきり晴れてはいない。じっとり湿った道のあちこちには水溜まりが出来ており、天秤棒を担ぐ振り売りたちは、慣れたものでひょいひょいと、その水溜まりを避けたり、飛び越えたりしていた。

深編笠を目深に被《かぶ》った音次郎が、小八郎の住む深川万年町にやってきたのは、出《で》職《しょく》の職人らが長屋を出た頃だった。そのせいか長屋の路地にはのんびりした空気が流れている。井戸端で、尻を突き出して洗い物をしているおかみ連中は、どこへ行っても同じで、亭主の悪口をいったり、近所で起きた些細《ささい》な痴話喧嘩《ちわげんか》を話し合っては、楽しそうな笑い声をあげている。

「旦那、こっちです」

ふいの声がかかったのは、相生橋のたもとだった。

「吉蔵か。それでどうなのだ」

「何だか雲行きがあやしいんです」

「どういうことだ？」

音次郎は眉間にしわを寄せて、道の端に寄った。

「よくはわかりませんが、昨夜遅く小八郎が血相変えて飛びだしてゆきまして、行方を見失ったんですが、遅くに帰ってきました」

「どこへ行ったかわからないのだな」

「ですが、何かしでかすようなそんな様子です。懐には匕首《あいくち》を呑《の》んでいるようですし、昨夜は仲間二人を連れておりましたから」

吉蔵は寝不足なのか、目を充血させていた。

「昨夜は何も起こしていないのだろうな」

「そんなふうでした」

「そうか……」

音次郎は長屋の木戸口に目を向けた。のらくらした足取りで、痩《や》せた野良犬が出てきたところだった。

「ともかく様子を見るか……」

音次郎は先日入った同じ茶店に腰を据えた。今日は雨が降っていないので、表に緋《ひ》毛氈《もうせん》を敷いた縁台が置かれていた。音次郎は葦簀《よしず》の陰に隠れるようにして深編笠を脱いだ。

「その後、黒緒の金松についてわかったことは……?」

茶を置いていった小女が下がってから、吉蔵に聞いた。

「とくにこれといったことはありません。大月屋の件も町方は手こずりはじめているようです。江戸から離れていれば、町方は手出しできなくなりますからね」

「火盗改めも動いているのだろう……」

「そのはずですが、大月屋の件を先に嗅ぎつけたのは、御番所のほうですから」

吉蔵は湯呑みをふうと一息して、うまそうに茶を飲んだ。

町奉行所と火付盗賊改め（略して火盗改め）は決して仲がいいとはいえない。ひそかに敵対視している節もあるし、火盗改めのいささか強引ともいえる権力行使に、町奉行所の面々は顔をしかめることが多い。吉蔵の話から察すると、町奉行所は火盗改めの介入を拒んでいるのかもしれない。

鼠色の雲が流れていた。一雨降らせようかという思わせぶりな空模様だ。

ちりん、ちりんと、さっきから葦簀にかけられた年越しの古い風鈴が鳴っていた。

小八郎はいっこうに姿を現さなかったが、昼前になってようやく、家の戸が開き井戸端に行くのが見えた。それから家を出たのはすぐである。

着流しに雪駄という、いたって楽な恰好だ。

「旦那……」

「うむ」

吉蔵に声をかけられた音次郎は茶店を離れた。

小八郎は一人歩きである。どこへ行くのかわからないが、足取りに迷いがないから行き先は決まっているのだろう。

江戸は水路が発達しているが、深川はそれが顕著である。小八郎は堀川に架かるいくつもの橋を渡って、正源寺《しょうげんじ》そばの熊井町まで来て足をゆるめた。しばらく表店の通りをうろついたあとで、ある長屋の路地に入っていった。その際、懐《ふところ》に手をあてた。呑んでいる匕首をたしかめたのだ。

音次郎は深編笠に一本差しのなりである。今朝は髭もあたっていないので、無精髭が早くも生えはじめている。小八郎に接するには、無頼の浪人を装っているほうが無難だからわざとそうしているのだ。

「やい、万之助《まんのすけ》！　いるんだったら出てきやがれッ！」

小八郎が一軒の家の戸をたたき、声を張りあげたのは突然だった。

音次郎は木戸口の陰に隠れて、その様子を窺《うかが》った。長屋の連中が、突然の騒ぎに家から飛び出してきたり、顔をのぞかせた。

小八郎は悪態をつきつづけていた。

「おい、いねえのか。いるんだったら戸をぶっ壊して押し入っちまうぞ！　万之助ッ！」

そのときだった。小八郎がたたいている家の戸がするりと開き、ひとりの男がのそりと出てきた。むじゃむじゃ生えている胸毛をかいて、小八郎をにらみ据えた。

「昼間っからうるせえ野郎だ。いってえ何の用だ？」

にらまれた小八郎は後ずさった。

「あんたは誰だ？　おれは万之助に用があって来たんだ。やつはいねえのかい」

「いるが何だ？」

「おれは小八郎という。殺された粂市姐《くめいちねえ》さんのことで万之助に話があるんだ」

「わけのわからねえことといいやがる」

そういった男は、家のなかに顔を向けて声をかけた。

「おい、万之助。おめえさんに用らしい。起きてきやがれ」

今行くよ、という声が返された。小八郎は懐に片手を入れて身構えた。新たな男が出てきた。これが万之助だ。蔑むように小八郎を見ると、

「なんだ小八郎。おめえは牢屋送りになっていたんじゃねえのか」

生あくびをかみ殺しながら、万之助は頬のあたりをさすった。

「おれは無実だから出てきたんだ。やい、万之助。おめえにとっくと話があるからついてきやがれ」

小八郎は顔に似合わず威勢のいいことをいう。

万之助はそばの男と一度顔を見合わせてから、「いいだろう」と返事をした。

しばらくして出てきた万之助を、小八郎は長屋の奥へいざなった。さっきの男もそのあとをついてゆく。こっちは一本差しである。

野次馬となっていた長屋のものたちは、互いに顔を見合わせひそひそと声をかわしていた。木戸口にいた音次郎が吉蔵を見ると、うむとうなずく。

音次郎は三人のあとを追うことにした。

小八郎が万之助を連れて行ったのは、正源寺裏の空き地だった。周囲には葦《あし》が繁茂しており、一方は竹林となっていた。

音次郎は竹林のなかに紛《まぎ》れて様子を窺ったが、小八郎が何をいっているのか声を聞き取ることはできなかった。そのうち、小八郎が懐から匕首を抜いて身構えた。

万之助はわずかにひるんだ様子だったが、すぐに連れの男が助《すけ》に入った。親指で鯉口《こいくち》を切り、小八郎と対峙《たいじ》している。

空に舞う数十羽の鷗《かもめ》が盛んに声を降らしていた。鷗の姿が目立って多いのは、そこから半町もしないところに海が迫っているからである。

「おれはあんたなんかに用はねえんだ。どいてくれ。やい、万之助ッ！」

小八郎がびゅっと、匕首を一振りしたとき、男がするりと刀を抜いた。

音次郎は見ているのはここまでだと思い、空き地につながる道に飛び出した。

そのときわめき声をあげて、小八郎が突進していった。

同時に、男の刀が鈍色《にびいろ》の空に振り上げられた。

六

「やめねえか」

早足になった音次郎が呼びかけると、男は刀を振り下ろす寸前で動きを止めた。小八郎は両手で匕首を握りしめたままだ。

「こんなところで刃傷沙汰はいけねえぜ」

音次郎はわざと伝法な口を利いて足を進めるが、地面は雨のせいでじゅくじゅくぬかるんでいた。

「おや、おめえは小八郎じゃねえか」

そばまで行って小八郎にわざと気づいたふりをした。瓢箪顔《ひょうたんがお》を向けてきた小八郎が、驚きに目を瞠った。

「あ、あんたは？」

「何だおめえ、せっかく牢獄を出られたってえのにこんなことしてるとまた後戻りだぜ」

「左次郎さん……」

小八郎は音次郎の牢内での呼び名を口にした。

「いったいどうしたってんだ」

「おれが牢送りになったのは、そこにいる万之助って野郎があることないことしゃべりやがったからなんです。ひょっとするとその野郎が、粂市姐さんを殺したのかもしれねえんですよ」

「おれは知らねえってさっきからいってンだろう。何をトチ狂ってやがるんだ」

万之助が反論した。小八郎と違い、見栄えのよい色男だ。

「小八郎を牢送りにしたってえのは本当かい」

音次郎は万之助を冷めた目で見た。いまだ深編笠を被ったままである。

「知らねえよ。ええい、面倒くせえ！　助三郎《すけさぶろう》さん、片づけてくれ。しつこくつきまとわれたんじゃたまらねえ」

万之助が癇癪《かんしゃく》を起こしたようにわめいた。

「いいのかい」

助三郎といわれた男は刀を下げ、下段青眼に構え、音次郎を見た。

「そいつは雑魚《ざこ》だ。おまえがやるっていうなら相手をしてやる」

「ほほう、なるほど……」

　音次郎が感心するようにいってやると、助三郎は眉《まゆ》を動かして顔を紅潮させた。

「何がなるほどだ」

「おぬしの構えが気に入ったからだ」

「こしゃくなことを……」

　助三郎はいつしか殺気をみなぎらせていた。音次郎は冷めた目で見ているだけだ。感心したのは助三郎が一刀流だと知ったからである。それは下段青眼の構えでわかった。同流派は、試合に臨むときの構えを下段青眼と定めているからである。

「怪我をするぞ。いやいや、怪我だけですめばよいが……」

「な、なにをっ……」

　助三郎は挑発に乗りやすいらしい。すでに頭に血を上らせ、平常心を失っている。

「やめておけ」

　そういってやったとき、助三郎が刀をすりあげて撃ち込んできた。音次郎は体を軽くひねるなり抜刀し、助三郎の肩を斬り落とすように振り切った。

　びゅんと、刀が鋭くうなったつぎの瞬間、音次郎はすでに大上段に構え直していた。振り抜いた一振りは単なる牽制でしかなかったが、あきらかに助三郎の顔色が変わった。

「てめえ……面白いことを……」

「この辺でやめたほうが身のためだ」

「舐めるなッ！」

下段青眼に構え直していた助三郎は、またさっきと同じように撃ち込んできた。ただし、今度は勢いがあった。音次郎が表情を引き締め、本気になったのはこの瞬間だった。いつまでもだらだらしたことはやっておれないと思ったからで、すっと腰を落とすなり、左足を前に滑らせ、あっという間に間合いを詰めた。

このとき、助三郎の剣先は音次郎が少し前に立っていたあたりに伸びており、空を斬るのは明らかだった。しくじったと、助三郎が気づいたときには、音次郎は腰を捻《ねん》転《てん》させて下げた刀を逆袈裟《ぎゃくげさ》に振り上げていた。

「あわっ！」

助三郎の悲鳴とも驚きともとれる声が曇った空に響いた。

直後、小さな血飛沫が飛び、ぬかるむ地面にぽとりと、指が落ちた。助三郎の右手親指だった。

「あっあっ、お、おれの指が、指が……」

さっきの威勢はどこへやら、助三郎はぬかるむ地面を転げるようにして逃げていった。万之助も慌てて逃げようとしたが、音次郎がとっさにその首に刀を突きつけたので、顔を青ざめさせて立ち止まった。

「万之助というらしいが、さっき小八郎が聞いたことはどうなんだ？」

「だから、おれには身に覚えのないことだと」

「嘘をいえばこの首が飛ぶぜ」

「ひっ、や、やめてくれ」

音次郎は鋭い刃を喉の皮膚にぴたりとあてた。

「どうなんだ？」

「小八郎が粂市を殺したかもしれねえって、町方の旦那にいったのはたしかだ」

「やはりてめえは……」

強い助っ人が現れたと思ったらしい小八郎は、肩を聳《そび》やかして意気がった。

「待て、小八郎」

音次郎は小八郎を制して、再度同じことを万之助に問うた。

「稼ぎのよい粂市の金がほしかったんだろうって、そんなこともいいました。それに粂市と組むのは小八郎だから、何でも知っていたはずだって……それだけです」

「てめえがそんな出鱈目《でたらめ》をいうから、おれはひでえ目にあったんだ。ちくしょう！

おれがどんだけつらい目にあったかてめえには……」

「小八郎、やめろ。話はおれが聞く」

「しかし……」

「いいから。……万之助、てめえは粂市殺しの下手人が、小八郎だというたしかな証拠でも握っていたのかい？　それとも当てずっぽうで小八郎のせいだといったのか？」

「証拠なんてなかった。ただ、町方に聞かれたんで、小八郎があやしいといっただけだよ。何もこいつが下手人だなんて一言もいっちゃいねえんだ」

「それに嘘はねえだろうな」

「嘘じゃねえさ。た、頼む。刀をどけてくれねえか……」

音次郎は納得のいかない顔をしている小八郎を一度見てから、万之助を放してやった。

「さっさと行け」

追い払われるようにいわれた万之助は、そそくさと逃げるように駆け去った。

「左次郎さん、いったいどうして……」

「まあ、話はあとだ。それより腹が減った」

音次郎は刀を鞘に納めてから、のんきなことをいった。

七

「それじゃ左次郎さんは、おれが出されたあとすぐに……」

小八郎は垂れ目をちまちままたたかせて、言葉を継いだ。

「て、ことは左次郎さんの敵討ちが吟味で認められたってことですか」

「そういうことだ。それより、おめえは何やってんだ？」

「何って……世話になった条市姐さんを殺したやつを捜そうと思ってるんです。そいつのせいでおれはひどい目にあったんですから……」

「それでさっきのやつを……」

「そうです」

「だが、やつは下手人のようではなかったが……」

「あの野郎が適当なことくっちゃべったというのがわかったから許せなかったんです」

「どうしてそんなことがわかった？」

小八郎はもぞもぞと尻を動かして、何かを躊躇《ためら》っていた。

二人がいるのは深川熊井町のしけた一膳飯屋だった。格子窓から大川の河口が見える。対岸は霊岸島だ。一艘の伝馬船《てんません》がゆっくり川を上っていた。

「世話になっている人がいるんです。信三郎さんという頼りになる人で、粂市姐さんの下手人捜しに力を貸してくれて、それで万之助のことがわかったんです。昨夜、殴り込みをかけたんですが、空振りだったんで、今日ああやって……」

「なるほど……」

音次郎はゆっくり茶を飲んだ。小八郎が世話になっている信三郎のことは吉蔵から聞いている。芸者の箱持ちだが、じつは用心棒を兼ねている男だ。火消しから地回りになったというから、それなりに肝の据わった男なのだろう。

「下手人のあてはあるのかい……」

小八郎は情けなさそうに首を振った。

「それじゃどうするんだ？」

「わかりません」

「町方が捜してくれるんじゃねえか」

「そんなのあてにはできませんよ。……かといって、おれにもどうすりゃいいか

「……」

ふうと、小八郎はため息をついた。

「気持ちはわからなくもねえが、銭にならねえことをいつまでもやってる場合じゃねえだろう。暮らしのほうはどうするんだ？」

「……世話になった粂市姐さんにいわれたことがあるんです」

小八郎はどこか遠くを見るように、格子窓の外を見やった。

「姐さんは、何か困ったことがあったらある人を訪ねろといいました。あっしも姐さんも明日はどうなるかわからない浮き草稼業です。あっしのことを思ってそんなことを……」

「それで誰を訪ねろと……？」

「姐さんはその人の息がかりだったんです」

「……それで」

小八郎はひょいと肩をすくめて、顔を戻した。

「黒緒の金松って人です」

あっさりした口調で小八郎はいったが、音次郎は内心で驚いていた。こんなに早く、金松の名が出ると思っていなかったからだ。

「その金松ってのはどんな野郎だ？」

音次郎は高ぶる心を抑えながら、努めてさりげなく聞いた。

「あっしもよくは知らないんです。姐さんも詳しいことは教えてくれなかったし、生きてりゃ聞けたんでしょうが……ただ……」

「ただ、何だ？」

音次郎は食い入るように小八郎を見つめた。

「姐さんの生まれ故郷に行けばわかるような気がするんです。黒緒の金松も同じ村の出だと聞いておりますから」

「それはどこだ？」

「相州三浦郡にある小田和村ってとこです。小さな漁師町らしいですけど……」

そういった小八郎は、下に向けていた顔をふいにあげて、

「左次郎さんはこの先どうするんです？」

と、聞いた。

「おれは……」

音次郎は顎《あご》に伸びはじめた無精髭をさすってから、どうするかなとつぶやいた。

「あっしに付き合ってくれませんか。左次郎さんは腕っ節も強いし、いっしょにいり

ゃ安心だから」

「金にならねえことしたって……」

「お願いします。短い旅だと思って付き合ってください。いや、旅の金ぐらいあっしが持ちますから、左次郎さんといりゃ心強いですから。このとおりです」

小八郎は両手をついて頭を下げた。

何だか話がうますぎるのではないかと思う音次郎だが、ここで断るべきではなかった。

「まあ、おれも忙しい身じゃねえから、おめえがそんなにいうんなら付き合ってやるか」

顎をさすりながら、いかにも仕方ないという顔で応じてやった。

第四章　訪問者

一

「そんなうるさいことをいう人じゃないんで、遠慮はいりませんから」

　小八郎は戸障子を開けて勧める。

　音次郎はどこかその辺の安宿か船宿で夜露をしのぐつもりだったが、小八郎があまりにも勧めるものだから、つい折れる形でついてきた。小八郎が厄介になっている信三郎の家である。

「一晩だけですから。それに明日の朝早く出立するんです。さ、どうぞ」

　小八郎は雑巾を差し出す。

　框《かまち》に腰をおろした音次郎は、差料《さしりょう》を抜いて、雑巾で足を拭《ふ》いた。三畳と四畳半という間取りの割長屋だった。土間奥が竈《かまど》と流しの台所だ。裏にも雨戸があるので、棟割り長屋と違い風の抜けがいい。

「家の主はどこだ？」

信三郎のことは吉蔵から聞いて知っているが、ここはとりあえず訊《たず》ねてみる。

「仕事です。兄貴は菊弥《きくや》という姐さんの箱持ちでして、帰りはどうせ遅いですから」

「そうかい」

音次郎は三畳の居間に腰を据えた。

小八郎が甲斐甲斐《かいがい》しく動き、酒と簡単な肴《さかな》を用意した。肴は丸干しに香の物だ。

「牢から出てすぐにここに来たのか？」

「へえ、行くところがありませんで……兄貴に頼んだら二つ返事でした」

「信三郎というのは奇特な男のようだな」

「ま、召しあがってください」

音次郎は酌を受けて酒を飲んだ。

「それにしても左次郎さんも、よく牢から出られましたねえ」

「おれの敵討ちが正道だったからだ。道に背いたことじゃなかった。そういっただろう」

「へえ、たしかに。だけど、こんなことはめずらしいってことですよ。一度牢に入ったものが放免されることは、滅多にないといいますからね。運がよかったんでしょう」

「……居候しているのはおまえだけか？」

音次郎は話を変えた。

奥の間に、積み重ねられた布団が目隠しの枕屏風《まくらびょうぶ》の上にはみ出ている。

「もうひとり兄貴の弟子のような箱持ちがおりやす。善六《ぜんろく》って男ですが、喧嘩ッ早いのが玉に瑕《きず》で……そういや信三郎の兄貴が町方に脅されましてね」

「脅された……」

「黒緒の金松のことをあれこれ聞かれたんだそうです」

音次郎はぐい呑みに視線を落として、眉を動かした。

「なぜ、そんなことを……」

「兄貴が千住で顔を利かしていた頃、黒緒の金松とひと働きしたような噂が流れたらしくって、それであれこれしつこく聞かれたと……。権柄《けんぺい》ずくなものいいに腹が立ったとぼやいておりました」

「それはまた偶然だな」

「へえ、あっしも黒緒の金松って名を聞いて目を丸くしました。その人のことなんざ、これっぽっちも兄貴にはしゃべってなかったんですからねえ」

小八郎は手を伸ばして煙草盆を引き寄せた。

青山長右衛門が信三郎に揺さぶりをかけたのは、おそらくあぶり出しのためだったのだろう。わざと黒緒の金松のことを信三郎に問い詰め、小八郎の耳に入れることで何かが引き出せるという狙《ねら》いだ。

「おまえはその金松のことをどこまで知ってるんだ？」

「だから、あっしは何も知らないんです。粂市姐さんから耳にしただけでして……」

小八郎は煙管《きせる》に火をつけて吸った。

「何かあったら頼れってことだな」

「さようで」

「……ふむ」

音次郎は白瓜《しろうり》の浅漬けを口に入れた。

「姐さんは金松さんのことを、心ひそかに頼っていたんだと思うんです。だから、あっしにもいざとなったら頼れっていったんでしょう。そんな人なら、姐さんがどうなったか一言伝えるのが筋じゃねえかと思うんです」

「顔に似合わず感心なことをいいやがる」

音次郎はだんだん伝法な口の利き方が板についてきたと、内心で自分に感心した。

「それでおまえは、その金松のことは何も知らねえのか」

「だから会ったこともないっていってるでしょう」

「しかし、信三郎ってこの家の主は金松のことを聞かれたんだな。それも町方に。てことは、金松って野郎は何かしでかしてるんじゃねえか……」

音次郎は小八郎の垂れ目をじっと眺めた。

「さあ、その辺はあっしにもよくわからないんです。信三郎の兄貴にも、その金松が何をしたか町方は話していないようですし……」

「そうか。……信三郎は千住のほうで顔を利かしていたといったな」

「大蛇《おろち》の久兵衛《きゅうべえ》って親分に世話になったそうですが、その親分が死んじまったので足を洗ったと聞いてます」

「それで芸者の箱持ちに……変わった男だ」

「変わってるかもしれませんが、兄貴がいるので芸者たちに変な虫がつかないんです。このへんの芸者連中は、何か揉《も》め事があれば兄貴を頼ってきますから……」

「なるほど、そういうことか……」

音次郎は丸干しを囓《かじ》った。

「それで、おまえが世話になった粂市って芸者は、いったいどういうことで殺されちまったんだ」

「それがよくわからねえんです。ですが、あっしはあの日のことは、今でも忘れちゃおりません」

音次郎に酌をした小八郎は、神妙な顔で話しだした。

二

その夜、小八郎は粂市とともに深川一色《いっしき》町の料理屋の座敷で一仕事して家路についた。

「腹は空いてないかい？」

粂市は仕事のあとは、いつものように気遣ってくれる。小八郎は一応遠慮するのだが、粂市は決まって行きつけの小料理屋に誘うのだった。

深川黒江町にある萩屋《はぎや》という店だ。店主は茶飯の振り売りから一軒の店を構えるようになった苦労人で、粂市はここの鯛飯《たいめし》が好物だった。

粂市は食事の席には必ず、酒を一本つけてくれ、その日あったことをあれこれ話すのだった。今日は客筋がよかった、あの客はつぎから注意をしなければならないといったようなことだ。

「これ、伝助《でんすけ》。行儀が悪いよ。口をくちゃくちゃやるもんじゃないよ」

とりとめのない話をしながら、粂市は箱持ちの伝助の躾《しつけ》も忘れなかった。小八郎はそんな粂市を眺めるのが好きで、ひそかに憧れてもいた。

粂市は二十六の中年増で、とくに美人ではない。気位が高そうに見える通った鼻筋、肉づきのある小さな唇、女にしては太めの眉の下に、一重で切れ長の目がある。見方によっては醜女《しこめ》かもしれないが、よく見ると忘れられない印象深い面立ちである。

それに仕草が何とも色っぽく、清らかで艶のある声をしていた。三味《しゃみ》に合わせる唄は人の心をとらえて離さない。粂市の人気はその辺にあるといえた。

「それじゃ今夜はお疲れだったね。明日もよろしく頼むよ」

粂市は好物の鯛飯を平らげたあと、小八郎と伝助に心付けを渡すのも忘れない。祝儀を独り占めしないのも粂市の人柄といえた。

粂市の住まいは萩屋のすぐそばだから、小八郎は伝助にあとをまかせて自分の家に帰った。それが夜四つ（午後十時）過ぎのことだった。

小八郎が大事な粂市の扇子《せんす》を自分の帯に差していたのに気づいたのは、平野町の裏店に帰ってすぐのことだった。その夜の座敷で、粂市の扇子を借りて投扇芸《とうせんげい》を披露したまま返すのを忘れていたのである。

すぐに届けようと思ったが、夜も遅いし、明日の朝でもいいと思い直した。もし、このとき届けていれば、粂市は殺されなかったかもしれない。だが、まさかそんなことが起ころうと誰が予測できただろうか。

翌朝、粂市の家を訪ねたのは、五つ半（午前九時）過ぎだった。小八郎は粂市が朝が早いのを知っているし、その時刻だと湯屋帰りだというのも心得ていた。

「姐さん、小八郎です。おいでですか？」

腰高障子が閉まっているのは、湯屋から帰ってきて着替えをしているからだと思った。だが、何度声をかけても返事がない。まだ湯屋から帰っていないのかと思い、表を見たとき、二軒隣の住人が、

「粂市さんならまだ起きてないようだよ。寝坊でもしてるんだろう」

と、教えてくれた。

だが、小八郎はそんなことはないと思った。粂市はよほどのことがないかぎり寝坊などしないし、昨夜別れるときも元気だった。

「姐さん、寝ているんですかい……」

もう一度声をかけたが、やはり返事はない。ためしに戸に手をかけると、すっと横に動いた。戸締まりもせずに寝ているのはおかしい。顔が入るぐらい戸を開けて、もう一度声をかけた。

「扇子を返すの忘れちまったんで、届けに来たんですが、寝てるんですかい。……戸を開けっ放しで不用心じゃないですか。いないんですか……」

うんともすんとも返事がない。

小八郎は思い切って土間に入り、奥に声をかけようとしたが、その瞬間、目を丸くして棒を呑んだようになった。

粂市が仰向けに倒れ、目を見開いたまま虚空《こくう》を見ていたのだ。胸のあたりが血でべっとり濡れており、畳に血だまりがあった。着物は昨夜のままである。

「姐さん、どうしたんです?」

小八郎は雪駄を脱ぎ捨てるようにして居間に上がり込み、粂市の両肩に手をあてた。すでに息がないのは明らかだった。そばに血に染まった包丁があった。

「いったい誰がこんなことを……」

小八郎は包丁を手にして、もう一度、粂市に声をかけた。

「姐さん、姐さん。いったいどうして……姐さん……」

そのとき、戸口に人の気配があった。さっと振り返ると、箱持ちの伝助と遊び人の万之助の顔があった。二人とも石像になったような顔で小八郎を見ていた。

「お、おまえ……」

先に声を漏らしたのは万之助だった。

「まさか小八郎さんが……」

今度は伝助だった。小八郎は自分が手にした包丁を見て、はっとなり放り投げた。

「ち、違う。おれじゃねえ、おれが来たときはもうこうなっていたんだ」

小八郎は弁解したが、二人は信じようとしなかった。

「伝助、番屋に行って親分を呼んでくるんだ。おれはこいつを見張っている」

万之助の指図を受けた伝助が飛ぶように去っていった。

「万之助、おれじゃねえんだ。来たらこうなっていたんだ」


「それがもとでしょっ引かれちまったんです」

小八郎は話を結んで、ぐすりと洟《はな》をすすった。

「下手人の心当たりはないのか？」

「それがさっぱり……」

小八郎は首を振ってため息をついた。

音次郎は雨戸の外を眺めた。宵闇はすっかり濃くなっていた。行灯から立ち昇る油煙がゆるやかに揺らいでいた。

「殺したやつは金がほしかったんでしょう。姐さんの財布はおろか、金目のものは一切消えていたっていいますから」

小八郎がぼんやりした顔で付け足すようにいった。

「……その姐さんを送ったのは伝助って箱持ちだったたな。そいつはどうなんだ？」

「あいつにできるようなことじゃないですよ。もっともやつも相当調べられたらしいですが、何も出てこなかったようで……」

「粂市を知らないやつの仕業とは思えないが……」

「左次郎さんもそう思いますか？」

小八郎は目を丸くして、音次郎を見た。

「何となく、そう思うだけだ。おまえが粂市が死んでるのを見つけたとき、部屋の様子はどうだった？　荒らされたような跡はあったか？」

そういうと、小八郎はさらに驚いたように目を見開いた。

「そんなことは考えも及ばなかったけど、いや左次郎さん、部屋が荒らされたような跡は……ありませんでした」

「とすりゃ、顔を知らないやつがやったとは思えねえ。そうじゃねえか……」

「そうです」

「小八郎、下手人は少なくとも粂市を知っていたやつだ。それも夜中に訪ねても粂市にあやしまれないようなものに違いねえ」

小八郎は息を呑んだ顔で、視線を泳がせた。そうやってしばらく考えていたが、

「……そんなやつは何人もいると思うけど……いや、わからねえ」

小八郎は唇を嚙《か》んで首を振った。

「よく考えてみるんだ」

音次郎はそういうと、壁に背を預けて目を閉じた。

家の借り主である信三郎が戻ってきたのは、夜四つ（午後十時）過ぎだった。音次郎を見るなり、「何もんだ？」と、まっ先に聞いてきた。

吉蔵から聞いていたとおり信三郎は色白の優男《やさおとこ》だった。だが、音次郎を見る目つきは尋常ではなかった。

「牢屋敷で世話になった人で左次郎さんというんです。今日、万之助をとっちめに行

ったとき、偶然会いましてねえ」

「てことは、あんたも牢獄から出てきた口か……」

「そうだ」

音次郎が短く応じると、信三郎はどっかりあぐらをかいて煙管を吹かした。

「近頃の牢屋敷は手ぬるくなったのか……おかしなこともあるもんだ。それで、万之助がことはどうしてくれた？」

「脅しはたっぷり利かしてやったつもりです」

「そうかい……」

「兄貴、おれは明日から旅に出ます。左次郎さんもいっしょについていってくれるんです」

「どこへ行くんだ？」

「相州です。黒緒の金松に会いにゆくんです」

「黒緒の……おめえも物好きなもんだ」

「朝が早いんで先に寝かしてもらいますよ」

「好きにしな」

「……そういえば兄貴、粂市姐さんを殺《や》ったのは、粂市姐さんをよく知っているものですぜ。そうでなきゃおかしいんです」

煙管を吹かしていた信三郎は、片眉を動かして小八郎を見た。

「どうしてそんなことが……」

「左次郎さんとあれこれ話しているうちに気づいたんです」

小八郎はさっき音次郎が推量したことを口にした。

その間に、もうひとりの居候である善六という男が帰ってきた。こっちはあまり目立たないおとなしそうな男だった。

「あんた、ただもんじゃねえな」

話を聞き終えた信三郎は、音次郎を品定めするように見て、灰吹きに煙管を打ちつけた。

三

永代寺《えいたいじ》の鐘が暁七つ（午前四時）を知らせて間もなく、音次郎と小八郎は信三郎の家を出た。夜は白々と明けはじめており、東雲《しののめ》は朝焼けの色を呈している。

昨日は曇天だったが、今日は梅雨《つゆ》の晴れ間になりそうだ。

音次郎は昨日と同じ恰好だが、小八郎は振り分け荷物を肩に担ぎ、紺股引《こんももひ》きに脚絆《きゃはん》、それに菅笠《すげがさ》という旅装束である。

朝が早いせいか、小八郎の口は重い。天気がこのまま持ってくれればいいがとか、相州三浦郡には明日には着けるだろうか、あるいは朝飯をどこかで食わねばならないなどと、独り言とも取れることをぽつりぽつりと口にした。

黙々と歩く音次郎には、いくつか考えていることがあった。

まず、なぜ小八郎が黒緒の金松にこだわるかということだ。世話になった芸者・粂市を思い、律儀にその死を知らせに行くといっているが、果たしてそれだけであろうか。

それから囚獄の指図にも疑問がある。小八郎は金松について、曖昧《あいまい》なことしか知らない。それなのに、牢屋敷まで自分を送り込んで、小八郎に接近させた。囚獄がいい加減な指図を下したとは思えない。おそらく小八郎は金松について、もっと何か深いことを知っていると考えていいのかもしれない。

さらに、粂市殺しの下手人についても昨夜から気になりだしていた。小八郎の仕業でないのはたしかだろうが、おそらく下手人は粂市の周辺にいると考えていいはずだ。もっともこっちのほうは、自分の役目ではないから深く穿鑿《せんさく》する必要はないが、頭の隅に引っかかっている。

太陽がすっかり顔を現したのは、浜松町に来たあたりだった。気の早い店は暖簾を出しはじめており、納豆や豆腐の振り売りもちらほら見られるようになった。

音次郎は留守を預かっているきぬのことを思った。今回は何もいわずに家を空けることになってしまった。きぬには心構えはあるだろうが、やはり気になる。もっとも吉蔵がうまく話をしてくれているはずだろうが……。

やがて金杉橋を渡った。このとき、音次郎は黒緒の金松に襲われた大月屋という米問屋のことを思い出した。大店と聞いているので、表通りに面しているはずだ。

気をつけて歩いていると、大月屋はすぐにわかった。

戸締まりはしてあるが、玄関上の屋根に「大月屋」と書かれた看板が掲げられていた。看板は風雨にさらされ、一部に苔《こけ》が生えているが、それが店の歴史と重みを感じさせた。

小八郎は歩きながら、大木戸で朝飯にしようという。音次郎に異存はない。

大木戸に着いたのは、明け六つ（午前六時）までまだ間があったが、夜はすっかり明けており、大木戸界隈《かいわい》の店はすでに旅人でにぎわっていた。

ここは江戸城下の出入口であり、東海道を上り下りする旅のものが別れを惜しむ場所でもある。往還の両側に石垣があり、高札《こうさつ》が立てられている。土産物屋《みやげものや》や茶店や一膳飯屋などが軒を並べている。

二人は飯屋に入って雑炊で小腹を満たした。

「急ぎ旅じゃありません。のんびり行こうじゃありませんか」

小八郎は茶を飲み、楊枝《ようじ》で歯をせせりながらいう。

「よくよく考えると妙だな」

音次郎はどこか遠くを見る目で、そんなことをつぶやいた。

「何がです？」

「おまえは世話になった芸者を殺した下手人より、黒緒の金松って野郎に会いたがっている。粂市を殺した下手人のせいで、牢にぶち込まれたってえのに……」

「そりゃ下手人のことは勘弁ならねえですが、捜しようがないでしょ」

「おれなら、いや、たいていのものならそっちを先にすると思うんだがな……」

「そうですか……そりゃ人それぞれでしょう。ともかく、あっしは金松に姐さんのことを伝えなきゃならねえと思っているだけですから」

そういわれれば、反論の余地はない。音次郎は黙って茶を飲みほした。

店を出たのはそれからすぐであるが、音次郎は高札場の前で立ち止まって、目を瞠った。吉蔵から聞いてとうに知っていることであったが、大月屋を襲った黒緒の金松一味のことが書かれていたのだ。隣にいる小八郎は目を白黒させているだけだ。どうやら字が読めないようだ。

「……何を書いてあるんです？」

「おまえが会いたがっている黒緒の金松のことが書いてあるんだ」

音次郎は静かな口調でいった。

「えっ！　それで何と書いてあるんです？」

「大月屋という米問屋を襲い、店のもの十八人を殺し、金二千両を盗んだらしい。賊がやらかしたのはそれだけじゃねえ、若い女を手込めにしてもいる」

音次郎は高札ではなく、小八郎の顔を見ながらいった。

「とんでもねえ悪党じゃねえか。おまえはそれを知っていておれを……」

高札を見ていた瓢箪顔が振り向けられた。

「盗人《ぬすっと》だと知っていたんじゃねえか」

「いえ、そんなことは何も聞いておりませんで……ですが……」

「なんだ？」

音次郎は何かをいい淀《よど》んだ小八郎をねめつけるように見た。

「姐さんから怖い人だとは聞いておりました。二、三十人の子分を束ねる親分だと。だから、左次郎さんにいっしょについていってもらいたいと思いまして……」

「他にも聞いていることがあるんじゃねえのか……」

小八郎はうなだれるように足許を見てから顔をあげた。

「ここじゃ何です。とにかく品川まで行きましょう」

「品川で話してくれるというわけか……」

「知っていることは……」

「よかろう」

四

「……あるとき、姐さんがぽつんと漏らしたことがあるんです」

小八郎は店の隅にちんまりと座ってから口を開いた。北品川宿の茶屋だった。普通の掛け茶屋ふうだが、茶汲《く》み女がいるところを見ると、水茶屋を兼ねているようだ。奥には葦簀《よしずば》張りの裏座敷がある。

色目を使う女に目もくれず、茶だけを注文すると、茶汲み女はあとは勝手にしろといわんばかりに離れていったので、話をするには都合がよかった。

「漏らしたって何をだ？」

「姐さんは黒緒の金松に貸しがあるんです。八十両という大金です」

「八十両……」

「へえ、何かあったらそれを返してもらうといっておりました。だから、あっしはそれを」

「条市に代わって返してもらうって寸法か」

「そんなところです。それに証文の控えを持っているんです」

小八郎はその控えを見せてくれた。

「こんな大事なものをなぜおまえが……」

小八郎はしばらくもじもじしたが、

「こっそり、姐さんの簞笥《たんす》のなかから失敬しておりまして」

ぺろりと、悪びれたふうもなく舌を出し、頭をかいた。

「とんだタマだ。世話になっている人のものを盗みやがるとは……それで聞くが、条市と黒緒の金松はいったいどんな間柄なんだ。何も聞いてないってわけじゃないだろ」

「姐さんは昔なじみだといっておりました。生まれた村も同じなら、奉公に出た川崎も同じだったと。奉公先は別だったようですが、姐さんはいつしか川崎を出て深川に移ったと……。そのあと、金松がどうなったかは聞いちゃいないんで……」

音次郎は店の表に目を向けた。青い海がきらきら輝いていた。鳴き叫ぶ鷗たちが舞い交っている。どうやら梅雨の空は、一休みを決め込んだようだ。

「おまえの話をまとめると、金松って野郎は川崎でのし上がって賊の頭になったってことになるな……」

「まさか、盗人だとは思ってもいませんでしたが」

「粂市が金を貸したのはいつだろう……」

「それは、たしか三年前だったはずです。大きな仕事をする金松の元手を工面したんだと姐さんはいっておりました」

大きな仕事……。おそらく大きな盗みばたらきのことだろう。そのために八十両という金を粂市から借りたというわけだ。

それにしても、八十両は大金である。粂市が売れっ子芸者としてどれほどの稼ぎがあったかわからないが、おそらく溜め込んでいた金をそっくり都合したと考えていい。するると、粂市は金松にそれなりの信用を置いていたことになる。

「小八郎、さっきの高札にあったが、金松は二千両を盗み、女を手込めにして十八人を殺した畜生みたいな悪党だ。そんな野郎がすんなり金を返してくれると思うか……」

小八郎は喉仏を動かしてつばを呑んだ。

「返してもらうんです。それにやつが二千両も盗んでいるなら、八十両なんて高がしれているじゃないですか。こっちは何も喧嘩を売るとかそういうんじゃないんだし……」

「会えたとして、すんなりいくと思うか……」

「やってみるしかないじゃないですか。八十両なんですよ」

つまるところ、小八郎は金がほしくてたまらないのだ。もっとも職も何もない無宿の身だから、多少の危険覚悟で金を取り返したいのだろう。他人の金ではあるのだが。

「うまくいったら左次郎さんに十両……」

「……なに」

「いや、十五両」

「…………」

「わかりました。こうやって付き合ってもらうんですから二十両渡すことにします。

それで手を打ってくれませんか。もとよりただで付き合ってもらおうなんて、虫のいいことは考えちゃいなかったんだから」

「たまには感心なことをいいやがる」

「左次郎さんがいればあっしも安心ですから」

音次郎はようやく小八郎の魂胆がわかった。だが、牢屋敷に送り込まれただけの価値はあったといっていいだろう。

「それで考えがある」

音次郎は茶を含んでからいった。

「粂市と黒緒の金松は、川崎に奉公に出ていたということだったな」

「へえ」

「それに金松が川崎でのし上がっていたのなら、やつに心当たりのあるものが、川崎にいてもおかしくはねえはずだ」

「ま、そうでしょう」

「だったら相州三浦郡くんだりまで行くことはないんじゃねえか。そっちに行くのは後まわしで、まずは川崎をあたってみてはどうだ」

「……左次郎さんのおっしゃるとおりです。そうしましょう」

五

「たまに晴れてくれるのはいいが、こう暑くなっちゃかなわねえな」

ぼやきながら長屋の路地を歩くのは、清村甚兵衛である。後ろから小者の平五がついてくる。

「ここだな」

立ち止まったのは、一軒の家である。腰高障子に、「船頭　宣三《せんぞう》」と書かれている。戸は開け放してあるが、家のなかは無人だった。一方の井戸端を見ると、洗い物をしていた小太りの女が腰をあげ、額に張りついた髪を指先で払った。

「ひょっとすると、宣三の女房か?」

「へえ、そうですが……」

女房はそう答えて、不安そうな顔で小腰を折った。

「ちょいと訊ねるが、亭主はどこへ行った?」

女房は突然訪ねてきた町方に面食らったのか、目を丸くしている。

「どこって、ちょいと仕事に……」

「行き先は知ってるか？」

「いいえ」

「仕事に行ってもう六日ばかりたつだろう」

「そうですが……」

女房はますます不安そうな顔になり、前垂れで手を拭《ふ》いた。

「おかみよ、亭主が無事に帰ってきてほしかったら正直にいうんだぜ」

「は、はい。なんでしょう？」

「亭主は家を出て行くときおまえさんに何といった」

甚兵衛は目の前をうるさく飛びまわる蠅《はえ》を払いながら聞いた。

「……いい仕事があるから、二、三日家を空けると、そう申しました」

「それだけか……」

女房は一度目を泳がしてから答えた。

「前金で五両もらったからといって、その金を置いてゆきました。仕事が終わったらまた五両もらえると、そういって……」

「出ていったのはいつだ？　つまり昼か夜かってことだが……」

「夜でした。晩飯を食って好きな酒を控えて出ていきましたが、なにかうちのにあったんですか？」

「まだ、何もねえが……ひょっとすると、大月屋を襲った賊の手伝いをしているかもしれねえんだ」

「え、まさか！」

女房は口に手をあてて目を丸くした。

「おまえの亭主と仲のいい鶴吉《つるきち》って船頭がいるだろう。同じ船宿のもんだ」

「鶴吉さんならよく知っておりますが……」

「やつも同じように、同じ日にいなくなったんだ」

「ほ、ほんとですか」

「嘘はいってねえ。それで雇ったやつを知らねえか？」

甚兵衛はじっとり浮かんだ額の汗をぬぐった。手拭《てぬぐ》いはもうびっしょり濡れていた。

「……雇った人は見たこともありません」

「それじゃここには来てねえってことかい」

「誰も来ておりませんが……」

甚兵衛はふうとため息をついて、平五を振り返った。

「そうか、それじゃどこで雇われたとかそんなことはどうだ？」

「いつも行く浜芳《はまよし》といっていました。船宿の近くにある飯屋です」

「浜芳……」

つぶやいた甚兵衛は、すぐに崩橋《くずればし》そばの飯屋を思い出した。宣三と鶴吉が勤めている船宿のすぐそばだ。

「平五、浜芳だ。店のものが賊の顔を見ているかもしれねえ」

「あ、あの旦那……」

引き返そうとした甚兵衛を女房が慌てて引き止めた。

「ほんとにうちの亭主が、盗賊の手伝いを……」

「まだ、そうと決まっちゃいないが、おそらくそうだ。もし、帰ってきたら近くの番屋にすぐに知らせるんだ。わかったな」

女房は顔色を失って、うんうんと、うなずくだけだった。

「平五、浜芳は親爺と婆さんが二人でやっている店だったな」

「へえ、しょぼくれた年寄りです。そのわりには飯がうまいという評判ですが」

「飯なんかどうでもいい。宣三と鶴吉に声をかけたやつを覚えていてくれりゃいいんだ」

さっさと早歩きになった甚兵衛は、長屋の路地を出ると、かっかと照りつける太陽を恨めしそうに見あげた。

「……黒緒の金松につながるものがわかりゃ何でもいいんだ」

自分にいい聞かせるような言葉を吐いた甚兵衛は、羽織を脱いで足を急がせた。

だが、浜芳で新たなことは何も聞くことができなかった。

肩を落として、浜芳から出てきた甚兵衛は、柳の下まで行き、そこでため息をつき、幹にもたれた。

「せめて盗まれた舟でも見つかってくれれば……」

すぐそばの川面を、二羽の燕《つばめ》が戯れるように飛んでいった。

六

音次郎と小八郎が六郷の渡しに着いたのは、昼九つ（正午）前だった。このところの雨つづきで、川は増水しており濁っていた。それでも梅雨の晴れ間とあって、景色の抜けがよく、大山のずっと向こうにある富士もくっきりと見えた。

目の前の六郷川（現・多摩川）を渡れば、川崎宿である。音次郎らがいる渡し場は、八幡塚村《はちまんづかむら》で森や木立の他は見渡すかぎりの田圃《たんぼ》である。水の張られた田は、明るい太陽を照り返し、鏡面のように光っていた。

かつて川には六郷橋が架かっていた。

長さ約百十一間、幅二間半だったというから、江戸一番の永代橋（長さ百二十間）に引けを取らないほどの大橋だった。だが、貞享《じょうきょう》五（一六八八）年の洪水で流されて以降、江戸期には二度と橋の再建はなされなかった。

音次郎と小八郎は待たされることなく、歩行舟《かちぶね》と呼ばれる渡し舟に乗ることができた。これは三十人ほどが乗れる、長さ十一間もあろうかという長細い舟だった。対岸の渡し場の奥には、背の高い木立があり、その下で舟の順番待ちをしているものたちがいた。

増水していなければ、川のところどころには砂州があり、そこに葦が生えていたりするが、今はその葦の先っぽがかろうじて水面に見えているぐらいだ。

「小八郎、宿場に着いたら早速宿を取る。それから黒緒の金松捜しだ。いいな」

「承知で……」

川崎宿の渡し口からほどなく行けば、往還の両側に旅籠《はたご》や小店が軒を連ねはじめる。ただしこの旅籠の泊まり客の多くは江戸に向かう人である。京に向かう旅人はもっと先まで、旅程を稼ぐのが常だ。

宿場入口から左へ一里ほど行ったところには、厄除《やくよ》けで有名な弘法大師を祀《まつ》る寺がある。日帰りをする江戸のものもいるぐらいににぎわっている真言宗の寺院で、平間寺《へいけんじ》と称す。

梅雨の晴れ間とあって宿場はにぎわっていた。近在の百姓が青物市を立てているし、曲芸師に薬売りなどが広場で声を張りあげていた。

旅籠の呼び込みも元気がよく、歩くうちにあっちからこっちからと手が伸びてきて、「うちに泊まってくれ」と、袖を引っ張る。

宿場は現在の川崎駅前あたりから六郷の渡し口まで、小土呂《ことろ》、砂子《いさご》、新宿《しんしゅく》、久根崎《くねざき》という四つの町でできている。

音次郎と小八郎は、宿外れに近い大徳屋という宿に入った。

「ちょいと女中、この辺で黒緒の金松って名を聞いたことはないかい？」

音次郎は早速、茶を持ってきた若い女中に聞いてみた。

「黒緒の……金松さんですか……」

赤いほおずきのような頬をした女中は、大きな目をぱちくりさせただけで、わからないと首を振った。そのあとで、

「店の人に聞いてみましょうか」

と、親切なことをいった。

「頼む」

音次郎が心付けを渡すと、女中はにこにこしながら部屋を出ていった。

「小八郎、黒緒の金松について、粂市から他に聞いていることはないのか？」

「待ってください。今、それを考えているんです」

たしかに小八郎は、両手で湯呑みを包み持って考える顔をしていた。

宿の庭で雀がさえずっている。表ではかしましい呼び込みの声がしていた。

「何か思い出したか？」

しばらくたってから音次郎は再度、小八郎に声をかけた。

「粂市ってのは芸者の名のはずだ。この宿で奉公していたときは別の名があったのではないか」

「それはわかっておりやす。姐さんの名は、お竹《たけ》といいました。ですが、黒緒の金松の名が……聞いたような気がするんですが……」

「思い出せねえか」

小八郎は自分の頭をぽかりとたたいて、舌打ちをした。

「それじゃ粂市が奉公していたのはどこの何という店だ？」

「いや、それも……ただ、万屋《よろずや》だったはずです」

「万屋……それじゃすぐわかるだろう。あとで町を流してみるか」

「そうしますか」

万屋は書いて字の如し、小間物から瀬戸物、あるいは衣類などの反物まで種々のものを揃《そろ》えている店をいう。江戸市中にもあるが、田舎に行けばそんな店が多い。奉公人を雇うほどの店だと、そんなに小さな店ではないはずだ。

さっきの女中が階段を小気味よく上がってきて、顔を出した。

「あの、そんな人は誰も知らないといいますが……」

「そうかい。それじゃこの辺に大きな万屋はないか？　奉公人を雇うほどの大店だと思うが……」

音次郎が問うと、女中はすぐに答えた。

「それなら砂子の明神さんのそばにあります」

「近くかい？」

女中は近くだといって、窓から身を乗り出して丁寧に教えてくれた。

教えてもらった万屋は、佐々木《さ さ き》という屋号で、たしかに奉公人を抱えていたが、小八郎の説明する粂市ことお竹のことは、佐々木屋の主も古い番頭《ばんとう》も首をかしげるだけだった。

「うちにいた子ならだいたい覚えておりますが、お竹という子はいなかったと思いますがねえ。それに十年以上も前のことでございましょ……」

「いや、待て」

番頭を遮ったのは、主のほうだった。

「ひょっとすると八丁 畷《はっちょうなわて》の泉屋《いずみや》かもしれない。あそこは毎年、奉公人を五、六人雇っていたはずだ」

音次郎は身を乗り出したが、

「でも旦那さん、泉屋さんは燃えてしまったじゃありませんか」

と、番頭ががっかりするようなことをいう。

「燃えたって……火事になったのか？」

「へえ、大きな店でしたが丸焼けになってそれで終わりです」

人のよさそうな佐々木屋の主は、団扇《うちわ》をあおぎながらいう。

「店のものは？」

「さあ、どうなったでしょう。もっとも泉屋の旦那さん家族は、あの火で焼け死んでしまわれましたから。もう十年ほど前のことでしょうか……」

「その泉屋に奉公していたものがこの町にいないだろうか……」

聞いたのは小八郎だった。

「さあ、どうでしょう」

「それじゃ、黒緒の金松って名を聞いたことはないかい?」

小八郎のこの問いに、主と番頭はびっくりしたように目を丸くした。

「知ってるんだな」

音次郎が問うた。主と番頭はさっきと違い、硬い表情になっている。

「どうした? おれたちはその黒緒の金松に会いたいんだ」

主は番頭と顔を見合わせて、音次郎に視線を戻した。

「会ったことはありませんが、話はちょくちょく耳にいたします」

「どんなことだ?」

「この宿場に帰ってきたとか、じきに帰ってくるとか……そんな噂を聞くたびに震えあがるんです。何しろ平気で人を殺める恐ろしいやくざだと聞いていますから」

「噂だけで会ったことはないのか?」

「はい。顔を知っているものは少ないようです。ですが、子分がときどき現れて悪さをしてゆきます」

その子分のことも聞いたが、いつどこからともなく現れ、風のように去っていくという。まるで雲をつかむような話だった。

「小八郎、どうやら粂市は八丁畷というところにいたようだ。店は燃えて、ないだろうが、日が暮れる前に行ってみるか」

「そうしましょう」

七

八丁畷は大徳屋から半里ほど西に行ったところだった。往還の両側にある松並木が、傾いた日の光を遮っていた。

焼けた泉屋の跡地には、茶店が出来ており、泉屋の名残は何もなかった。ただし、昔の奉公人が、少し先にあるめおと橋を渡ったところで茶屋をやっていると聞いた。

「この先で聞いたんだが、ここはもと泉屋にいたものがやっているらしいな」

接客をする三十半ばの女中に声をかけると、

「へえ、旦那さんはもと泉屋さんの手代をしていた方でした」

女中はそんなことをいった。

「おれたちは人捜しのために江戸から来たんだが、亭主を呼んでくれないか」

「その旦那さんはもういないんです」

「いない……どういうことだ？」

「二年前にぽっくり亡くなられたんです。今は女将《おかみ》さんが仕切っておられます」

「それじゃ女将は……」

と、音次郎が店の奥を見たとき、手拭いを姉さん被りにした女が下駄音をさせて近づいてきた。

「何かわたしに……」

こっちは四十半ばの太った女だった。

「人捜しで江戸から来たんだが、黒緒の金松って男を知らないか？」

女将の顔からすうっと表情が消えた。

「いったい金松に何の用なんです？」

「金を貸しているんだ。それを取り返しに来ただけだ」

小八郎がいった。

「金を……」

女将は言葉を切って、深いため息をついた。

「悪いことはいいません。あんな畜生には関わらないことです。いくらの金か知りませんが、命あっての物種ですよ」

「これはまたわけのわからないことを……さっきも同じようなことを聞いたが、いったい黒緒の金松ってのはどんな野郎なんだ？」

音次郎は差料を抜いて、そばの縁台に腰をおろした。

「要領を得んので、知っていることを聞かせてくれねえか」

腰を据えて話を聞くつもりだったが、さっきの万屋の亭主と同じく女将は当の黒緒の金松に会ったことはなかった。

「会ったこともないのに、なぜそう怖がる？」

「死体がよく川に浮かぶんですよ。六郷川にもそこの川にも……」

「それが金松の仕業だというのか？」

「そうです。川に浮かぶのはどれもこれも、このあたりを牛耳って顔を利かせている、潮田《うしおだ》の清蔵《せいぞう》という地回りの仲間ばかりですけど……」

「どうしてそれが金松の仕業だと……」

「清蔵親分の子分らがそういうんです。襲われてうまく逃げ延びたものたちが……」

「それじゃ町に迷惑はかけていないわけか」

「とんでもないです。この辺まで手は伸びてきませんが、ときどき宿場荒らしをしていくんです。もっとも金松の名をかたる悪党の仕業だという話もありますが……ともかく、金松のことは聞きたくもありません」

女将はそれ以上詳しいことは知らなかったし、お竹についても心当たりがなかった。

「小八郎、潮田の清蔵というやくざに会ってみるか……」

音次郎は茶屋を離れてからいった。

「そうですね」

日は大きく傾いていた。あやしい雲が西の空に広がりつつあった。明日はまた雨になるかもしれない。

二人は宿に帰ると、湯につかり、一日の疲れを取り、夕餉の膳についた。

「潮田の清蔵は金松を恨んでいるはずです。ひょっとすると力になってくれるかもしれませんね」

「うむ」

「それにしても金松がそんな悪党だとは思わなかった。姐さんも何で、そんな野郎に……」

潮田の清蔵の住まいは、宿のものに聞いてわかっていた。二人は早速明日の朝訪ねるつもりでいた。

「お客さん……」

廊下から声がかかった。ほっぺの赤いおとみという若い女中だった。

「なんだ？」

「お客さんに会いたいという方が表に……」

「おれたちに……誰だい？」

「さあ」

小八郎に聞かれたおとみは首をかしげた。

「表で待っているんだな」

「はい」

音次郎は小八郎を見てから差料をつかんだ。

二人揃って玄関を出たが、それらしき男の姿はなかった。だが、音次郎は異様な殺気を感じていた。

「いませんね」

小八郎がきょろきょろしながらいう。

音次郎は周囲を警戒しながら少し足を進めた。そのとき、暗がりの路地から三人の男が足音を殺して現れた。

「おまえらか……黒緒の金松を捜しているって妙な野郎は……」

「おぬしらは……？」

音次郎の問いに、男らは答えなかった。ただ、真ん中の男が顎をしゃくった。

「ついてきな。話をしなきゃならねえ」

黙っていると、背後に回り込んだ男にどんと肩を突かれた。

「行くんだよ」

音次郎は肩を突いた男をひとにらみして、歩きだした。

第五章　生麦村

一

三人の男に前後を挟まれる恰好《かっこう》で、音次郎と小八郎は往還から脇道に入った。宿場は表通りはにぎやかであるが、一歩裏に入れば田圃《たんぼ》や林である。脇道は杉林へ向かっており、足許の草むらで蛙《かえる》が鳴いていた。

しばらく行くと新たに二人の男が現れた。いずれも腰に刀をぶち込んでおり、険悪な臭いを体にまといつかせている。

「このへんでいい」

先を行く男が立ち止まり、ゆっくり振り返って、音次郎と小八郎をにらんだ。

「おめえら何を嗅ぎまわってやがる?」

「人捜しをしてるだけだ」

音次郎が答えた。男の背後に月が浮かんでいた。

「その相手は誰だ？」

音次郎はどう答えるべきか逡巡《しゅんじゅん》した。下手なことをいえばこの男たちは斬りかかってくる。黒緒の金松と答えるべきか、それとも明日会おうと思っている潮田の清蔵というべきか。隣にいる小八郎が、すがるような心細い目で見てくる。

「人にものを訊《たず》ねるときは、自分から名乗るのが礼儀ってものじゃないのか」

そういうと、男はへらっと笑った。

「勝手に人を呼び出し、とんだご挨拶《あいさつ》じゃねえか」

音次郎が言葉を重ねると、笑っていた男は真顔に戻った。

「黒緒の金松のことを探っているようだが、何のためにそんなことしてやがる？」

「金を返してもらうために来たんだ」

小八郎が答えた。男たちの視線が一斉に小八郎に向けられた。

「な、何だよ。おれたちゃ何もしてねえでしょうが……」

「金を返してもらう……黒緒の金松に……」

男は、ふふふと笑いを漏らした。こりゃおかしいやと、また笑う。まわりの男たちも釣られたように低く笑った。

「なるほど、それであちこち聞きまわっていたってわけかい。それで目星はついたか？」

「……何も」

音次郎が答えた。

男は顎《あご》をぞろりとなで、今し方まであった険悪な臭いを薄れさせた。

「それでどうやって捜すつもりだ？」

「この辺を牛耳ってる潮田の清蔵という男がいるそうだが、そいつに会うつもりだ」

男の表情が引き締まった。それからしばらく考えたのちに口を開いた。

「おれはその清蔵一家のたがねの重助《しげすけ》という。おまえは？」

「おれは左次郎という、こいつは小八郎だ」

たがねの重助は音次郎と小八郎を改め見て、ついてこいと顎をしゃくった。

重助はまた表通りに戻った。宿場を横切り、今度は田の畦道《あぜみち》を進んで小さな川に架かる橋を渡った。水田に月が映り込んでいた。男たちは提灯を持っていなかったが、月はかなり明るい。夜闇に慣れた目に提灯はいらなかった。

地蔵堂の前を過ぎたときだった。前を行く重助がいきなり抜刀し、振り返りざま左上段から斬りかかってきた。音次郎は瞬時に反応し、後ろに飛び下がるなり刀を抜いたが、小八郎は尻餅《しりもち》をついて仰天していた。

「いい加減なこと抜かしてんじゃねえだろうな」

重助は腰を据え、本気の目でにらんでくる。まわりの男たちも刀を抜いた。

「何をいいやがる」

「てめえ、六郷もんだろう。かまうこたあねえ叩《たた》き斬れッ！」

誤解だと弁明しようとしたが、その余地はなかった。重助のいった「六郷もん」とは、六郷川の渡船権で揉めている、八幡塚村あたりの地回りのことだった。音次郎は小八郎に逃げろと注意を喚起し、左から撃ちかかってきた男の足を払い、鳩尾《みぞおち》に膝を叩き込んだ。

男はうめいて地面にうずくまる。音次郎はそのときには、背後から撃ちかかってくる男の気配に気づき、帯に差している鞘《さや》を勢いよく後ろに突いた。

「うげっ」

虚をつかれた男は、後ろに突き出された鞘の鐺《こじり》をまともに顎に食らい、万歳をする恰好で仰向けに倒れた。

「左次郎、そこまでだ」

音次郎は声に振り返った。

たがねの重助が逃げ遅れた小八郎の首に刀をあてがっていた。

「それ以上刃向かってみやがれ、こいつの首をかっ捌《さば》いてやる」

「さ、左次郎さん……」

小八郎が悲鳴のような声を漏らした。

音次郎はどうするか迷った。草いきれを伴う生ぬるい風が、汗のつたう首筋を撫でていった。

「仲間の命が惜しかったら、刀を捨てな」

音次郎はまわりの男たちをひと眺めした。ここで小八郎を見捨てるわけにはいかない。音次郎はその場に刀を落とした。そばにいた男が、その刀を拾い、残りの男が音次郎の脇腹に刀を突きつけた。

「……どうする気だ？」

「ただもんじゃねえってのはわかった。もうちょいと、おめえらに話を聞きてえ」

じめついた庭に篝火《かがりび》が焚かれていた。虫たちがその明かりをめざして集まってきている。

二

音次郎と小八郎は湿った地面に後ろ手に縛られて座っていた。

さっきから、裸の背中に何度も板切れが叩きつけられていた。

バシッと、また皮膚を叩く音が闇に広がった。

「……むうぅ……」

ついに小八郎が気を失って、前のめりに倒れた。そんなことは意に介さず、拷問役の男は音次郎に、これで二十数回目になる板を打ちつけた。歯を食いしばって耐える音次郎の口からもうめきに似た声が漏れる。

牢内で受けた〝背割り〟より、こっちのほうが応えた。

「いい加減に白状しねえか。……しぶとい野郎だ」

前に仁王立ちになって拷問を見ているたがねの重助が、吐き捨てるようにいった。

「白状も何もない。おれたちは何も知らぬのだ」

痛みで頭が痺《しび》れているせいで、ついさっきまで使っていた伝法な口調を忘れ、本来の言葉でいったが、重助は気づかなかったようだ。

「……兄貴、こいつら本気で黒緒の金松に会いに来たのかもしれませんぜ。十手《じって》もなけりゃ、役人を示すものも持っていません」

身ぐるみ剝《は》がして調べを終えた男が重助に進言した。

「もういいだろう、その辺にしておきな」

新たな声が縁側からした。着流しの襟を大きく広げた小太りの男だった。

音次郎は朦朧《もうろう》とした頭を振って、目をしばたたいた。そこは街道から一町ほど西に行った百姓地にある家だった。

「重助、二人をこっちに入れな。おれが話を聞く」

「へえ」

返事をした重助が、音次郎を見据えた。

「親分が話を聞いてくださるそうだ。妙な真似するんじゃねえぜ」

音次郎はもう一度頭を振って、縁側から座敷に入っていく男を眺めた。あれが、この辺を牛耳っている潮田の清蔵なのだろう。

音次郎と小八郎はそれぞれ三人の男に、抱え上げられるようにして家のなかに入れられたが、座敷に上げてもらったわけではない。土間の筵《むしろ》に座らされただけだ。両腕も後ろ手に縛られたままだった。

土間には燭台《しょくだい》が点《とも》してあり、炎が風に揺れていた。

潮田の清蔵は座敷の縁に尻をおろし、両足を框に置いて、見下ろしてきた。よく日に焼けた男だった。顴骨《かんこつ》が張っており、団子鼻の下に大きくて厚い唇があった。

「正気で黒緒の金松を捜しているのか……」

「何度も同じことをいわせるな」

音次郎はいつになく腹を立てていた。理由もなく痛めつけられたのだ。

「なかなか度胸の据わったことをいいやがる。お二人さんよ、この辺で無闇に黒緒の金松のことを口にすると、すぐおれの耳に入ってくるんだ」

「…………」

「何しろ可愛い子分を何人も殺されちまっているからな。だが、どうやらおめえさんらはやつとは何の関わりもないと見た。それにやつを追いかける役人でもなさそうだ」

「…………」

音次郎は煙管に刻みを入れて火をつけた清蔵を眺めつづけた。

「もっとも、金松の野郎をしょっ引いてくれる役人だったら、指の一本も詰めて平に謝らなきゃならねえが、そうじゃないようだ」

「なにがあって子分を殺された？」

「聞きてえか……」

「話せ」

「聞いてどうする？　敵を討ってくれるとでもいうのか」

「……そうしてやってもいいさ」

清蔵の目がかっと見開かれた。煙管を一吹きして、

「面白いことをいいやがる。……気に入ったぜ」

そういって、短く笑った。

「その前にひとつ頼みを聞いてくれるか？」

「なんだ？」

「水を飲ませてくれ。喉《のど》がカラカラなんだ」

「おい、誰か水を持ってこい」

清蔵の指図で二人の子分が、音次郎と小八郎に水を持ってきた。

音次郎は喉を鳴らして、一息であおった。

「おれのことをどこまで聞いているか知らねえが、おれが先代からこの縄張《シマ》りを預かってもう十二年になる。見てのとおりのやくざ稼業だが、おれなりにこの宿場から大事なお役目を頂戴している」

そういって清蔵は話しはじめた。

川崎宿は本陣が二軒に、旅籠《はたご》が七十二軒ある。周辺の人口は二千五百人弱だ。東海道の宿場町としては決して大きなほうではないが、江戸からの大師参りなどの参詣客もあり、それなりににぎわっている。

宿場全体はおおむね平穏だが、川崎は六郷川の対岸にある八幡塚村と渡し賃の取り合いで揉めつづけていた。対外的には、川崎宿が五代将軍綱吉の時代から六郷の渡しの権限を得ているが、八幡塚村は何かと文句をつけ、ことあるごとに渡し賃をめぐっての諍《いさか》いが絶えない。

その度に足を運んで、話をつけるのが清蔵らやくざのしのぎのひとつとなっていた。

「渡し賃はおまえさんらも渡ったからわかっているだろうが、土地のものはただだ。旅人からは雀の涙の金を戴《いただ》く。大きな荷駄だとそれなりの金を戴くってことになっている。だが、塵《ちり》も積もれば何とやらで、この宿場はその上がりでずいぶん助かっている。何しろ年に千両は下らねえ金が落ちるんだ」

徳間文庫

TOKUMA BUNKO

徳間文庫

TOKUMA BUNKO

「それじゃ八幡塚村は黙っちゃいまいな」

「そういうことよ。だからおれたちも知恵を絞ってやったさ」

それは少し上流に「平間の渡し」や「矢口の渡し」を設けてやり、八幡塚村の支配を許したことだった。もっともこれは六郷の渡しを管轄する、道中奉行の目こぼしを受けてのことであった。

「それでも厄介ごとは絶えないってわけだ」

「そういうことさ。何も知らねえ宿場荒らしがときどきやってくるし、八幡塚村に目をつむってやらせている渡し賃をかすめるやつもいる。そんなとき、おれたちの出番てえわけなのさ」

「それで黒緒の金松とどんなことがあったんだ？」

「宿場荒らしを鎮めに行った子分が殺されたことがある。そのときいっしょにいた子分に、相手の野郎が黒緒の金松を名乗ったのよ。まあ、金松の手下だろうが……」

清蔵は吸っていた煙管を煙草盆に戻して、話をつづけた。

「おれたちゃやつらを必死に捜した。すると、捜しに行った子分がつぎつぎと殺られた。それからは思い出したようにやられ放題だ。矢口の渡し場でちょいとした喧嘩騒ぎがあったが、そのときも金松の一味に二人が殺された。おれたちにとって金松は目の敵だ」

「もっともなことだろう。それで親分は、金松に会ったことはあるのか?」

清蔵は顔をしかめて首を振った。

「近ごろじゃ、金松の名をかたって宿場を荒らすやつも出てきた。だからおれたちゃぴりぴりしているのさ。おまえたちもそうじゃないかと思ったりしてな。ひょっとすると八幡塚村の手先ということも考えたわけだ」

「とんだ思い違いだ」

音次郎が吐き捨てたとき、息せき切って走ってきたものがいた。

「親分、妙な死体が揚がりやした」

「何だと……」

清蔵が目を剝くのと同時に、音次郎も目を瞠《みは》った。

三

その死体は鶴見橋のたもとで見つかったと、駆け込んできた男はいってから、体を縛られ、土間に座らされている音次郎と小八郎に気づき、

「こいつらどうしたんです……」

と、目を丸くした。

「おい、二人を放してやりな。おれたちの見当違いだったようだ」

清蔵が指図すると、音次郎と小八郎の縛《いまし》めが解かれた。

「左次郎といったな。おまえさんは見込みがありそうだ。痛い目にあわせてすまなかった。おい、客人として丁重におもてなしするんだ」

音次郎は今さらと思ったが、それでもさっきまであった腹立ちは幾分鎮まっていた。

「それで、その死体てえのは……？」

清蔵は知らせを持ってきた男に顔を向け直した。

「舟に乗っていた死体は二つです。どっちも土手っ腹をひと突きされておりましてね。その舟はどうも江戸から来たようなんです」

「どういうことだ？」

「へえ、舟腹に『廻り橋　三国や』と字があるんです。これはひょっとすると金松の仕業じゃねえかと思ったんです」

「どうしてそんなことを……。ともかく上がってきな、こっちで話を聞く。客人もこっちに来なせえ」

駆け込んできた仁吉《にきち》という男は、ぎょろ目で鼻の脇に小豆《あずき》大の黒子《ほくろ》があった。

「あっしが昨日、江戸に行って聞いた話は覚えておりますね」

「金松が二千両盗んだって例の話だな」

「へえ、その金はどうやら舟で運ばれたらしいんですよ。それも船頭を雇ってのことです。その雇われた船頭ってえのが、芝橋の近くにある湊屋って船宿なんです」

清蔵が目を光らせたのはいうまでもないが、着衣を整えていた音次郎も小八郎もこの話に釘付けになっていた。

「するってえと、金松の野郎は江戸から舟で鶴見あたりまで逃げて来たってことか」

「そう考えていいんじゃないでしょうか……。親分、やつらを捜し出せば、二千両もあっしらの手に入ることになりますぜ」

仁吉は舌なめずりをした。

清蔵は太い腕を組んで、しばらく天井の梁《はり》に目を向けていたが、ぽんと膝を叩いて、たがねの重助をそばに呼んだ。

「それからそこの客人もこっちへ……」

音次郎と小八郎は、清蔵のそばに腰をおろした。

「左次郎さん、それから小八郎さん、ここはひとつ手を組もうじゃないか。おれたちは金松を捜しだしてその首を取りたいと思っている。おまえさんらはやつを捜して借金を返してもらいたいと思っている。お互いのめあては同じだ。どうだ……」

「おれには異存はない」

音次郎が答えると、清蔵の目が小八郎に向けられた。小八郎も「あっしも」と、おずおず同意した。

「話は決まった。重助、仁吉、おまえらは左次郎さんらと明日鶴見に行くんだ」

「へえ、それはかまいませんが、おれたち二人だけですか……」

重助は伺いを立てるように清蔵を見た。

「二、三人連れて行け。こっちは他の手立てを考えておく。やつらがこの宿場に入ってこねえともかぎらねえからな」

「……承知しやした」

答えたたがねの重助は静かに音次郎を眺めた。

「おれたちの持ち物を返してくれるか」

音次郎がそういうと、差料と財布や煙管、矢立などが運ばれてきた。音次郎と小八郎は黙ってそれらを身につけていったが、

「それは……」

と、清蔵が音次郎の財布を押さえた。

「左次郎さん、ずいぶん金を持っているじゃねえか。十両は軽くあるぜ」

音次郎は清蔵を見返した。

「まさかけちな了見を起こしてるんじゃゃないだろうな。これは金松捜しの費用だ。江戸から旅をしているんだ」

「……ま、そうだろう」

清蔵は音次郎の財布からゆっくり手を放した。

音次郎と小八郎が潮田の清蔵宅をあとにしたのは、それからすぐのことだった。

二人は闇に包まれた畦道を歩いた。

「左次郎さん、十両も持っていたんですか……」

「持っていちゃ悪いか。おれは総州生実村《おゆみむら》から来ているんだ。それも身ひとつでだ」

「……そうでしたね」

小八郎は牢屋敷で聞いたことを思い出したようだ。

「ともかく黒緒の金松に近づけそうではないか」

「そうですね。ひでえ目にあっちまいましたが……」

まったくだと、胸の内で応じた音次郎は、遠くの星を眺めた。うまく行けば明日にも黒緒の金松の顔を拝めるかもしれない。

四

川崎宿から東海道を上り、長さ二十七間の鶴見橋を渡って、半里ほど行くと生麦村《なまむぎむら》になる。川崎宿と神奈川宿のなかほどに位置するので、旅人の小休憩をあてこんだ葦《よし》簀《ず》掛《が》けの茶屋が数軒並んでいた。もっとも今は、ひっそりと夜の帳《とばり》に包まれているが。

街道から少し入ったところに一軒の破れ家屋があった。もとは漁師の家だったらしいが、住むものはいない。目と鼻の先には内海（江戸湾）が広がっている。

その家の奥座敷に延べられた床に寝そべっている女がいた。腹這《はらば》いになったまま煙管を吹かし、潮騒《しおさい》の音を聞いている。

女の背中に彫り込まれた大蛇が、あわい行灯に浮かんでいた。くびれた腰の裏あたりで巻かれた大蛇の体は、くねりながら右肩下まで上って鎌首をもたげ、かっと目を光らせ、牙を剝いていた。

「考え直す気はねえのか……」

その声で、女は煙管の火を消して、仰向けになった。今度は小振りな乳房に大蛇の尻尾が巻きつき、くねりながら伸びた体は、陰部に向かい、鎌首の口からはちろりと赤い舌が出ていた。つまり女の体には二匹の大蛇の彫り物があるのだ。

「……そう決めたんだ」

女はかすれた低い声でいって、そばに座った男をじっと見つめた。

美人だ。よく日に焼けた小麦色の肌をしており、艶のある富士額が光っていた。二《ふた》重瞼《えまぶた》の切れ上がった目は黒目勝ちで、澄んでいるが、鋭くきつい。崩れた色気と何ともいえぬ不思議な魅力がある。だが、頭を尼僧のようにつるつるに剃り上げている。眉も同じように剃り落としていた。

「だが、手下は黙っちゃいないぜ」

「そんなことはないさ。金は分けたんだ。文句をいうやつはいないさ」

「そうかな……」

「何を心配しているんだい。さっきから奥歯に物の挟まったようなことばかりいいやがって。……辰造《たつぞう》、はっきりいいなよ。おまえさんらしくないぜ」

「手下のなかに裏切り者が出てる。おれたちの寝首を掻《か》く腹でいるかもしれねえ」

「それは誰だい？」

「お松《まつ》、逃げたがいいかもしれねえ」

お松は辰造をじっと見つめた。辰造も見つめ返してくる。

浜を洗う潮騒の音が聞こえる。

「……ふん。そういうことかい」

「なんだ?」

「なんでもないよ。さあ……」

お松は辰造に手を伸ばし、浴衣《ゆかた》をそっと脱がしてやった。辰造が覆い被さってくる。

小振りの乳房を片手で揉み、空いた手を下腹に伸ばす。

お松は唇を小さく開き、吐息をついた。

「早く……」

お松は辰造の股間に手を伸ばして導いた。辰造が深く入ってきた。お松は眉間にしわを寄せて、首を振り、辰造の首にしがみついた。辰造が腰を律動させる。

お松の口から漏れる声が徐々に高まる。寝間には昼間の湿りと二人の汗と、淫靡《いんび》な匂いがこもっていた。

潮騒に合わせて二人は汗まみれになった。

「下へ……」

お松は体を動かして、辰造と入れ替わるように上になった。ゆっくり腰を動かし、目をつむる辰造を見下ろす。それから激しく動きだした。弾けそうになった辰造が、愉悦に目をつぶった。

お松が布団の下に手を伸ばしたのはそのときだった。行灯の明かりがふらりと揺れた。

「辰造……」

小さくささやきかけると、辰造が目を開いた。

その首筋には、匕首があてがわれていた。

「なんだ、おめ……」

辰造の声が途切れた。お松が匕首に体重をかけたのだ。辰造の目が、かっと見開かれ、喉からごぼごぼと血が溢《あふ》れた。四肢がびくびく痙攣《けいれん》した。

「裏切ろうとしていたのはおまえだったんじゃねえか……。わかっていたんだよ」

お松は小さく吐き捨てると、死体から離れた。胸にきつく晒《さらし》を巻き、黒の素編みを着込んで、着物を羽織って帯を締めた。

長脇差しを手に持つと、居間に行き、土間にいる完助《かんすけ》に声をかけた。

「完助、ここを出る」

「……出るって、どこへ？」

「いいから……」

お松は身軽に土間に飛び下りると、裏の勝手口に行き、外の気配を窺ってから家を出た。


「お頭がほんとに足を洗うなんて……」

「そう聞いたんだ。黙っていられるか」

政吉《まさきち》に応じた河野安兵衛《こうのやすべえ》は足を急がせた。その背後にも五、六人の男たちの姿があった。それぞれの腰には長脇差しがぶち込まれているが、河野安兵衛だけが大小を帯びていた。

「足を洗うなら一言おれたちに話すのが筋ってもんじゃねえか」

「そりゃそうだ」

「分け前だって考え直さなきゃならねえ」

「まったくだ」

「政吉、もっとましなことはいえねえのか」

安兵衛は政吉を振り返ってにらんだ。

「とにかく話を聞こうじゃありませんか。お頭はつぎの仕事の支度金をしこたま持っているんだ。それを持って行かれちゃかなわねえ」

「そういうこった。こっちは命張って仕事してきたんだ」

男たちは暗い街道を急ぎ足で歩いていた。草むらから蛙の声が湧いている。

「それで浜の家にいるってのは間違いねえんでしょうね」

「こっちにくりゃ、お頭はいつもあの家だ。政吉、ことによったらおれはお頭の首をもらうぜ」

「そんなことが……」

「できねえっていうか」

絶句した政吉を、安兵衛は振り返った。あとからついてくるものたちも安兵衛を驚いたように見ていた。提灯の明かりに浮かぶその面々の顔は、どこか間が抜けて見えた。

「おれにできねえっていうのか。いざとなりゃ、いつでもその覚悟はできていたんだ。首をもらったら、おれがおめえらを仕切る。文句のあるやつは、今のうちにどこへとでも行きやがれ」

安兵衛は立ち止まって、みんなをにらんだ。

浜の家の近くまで来ているので、波音が聞こえていた。

「黒緒の金松なんざその気になりゃいつでも殺せたんだ。そうじゃねえか」

「……ま、そうでしょうが」

政吉が息を呑んだ顔で答えた。

「ビクつくことはねえ。だが、まあそれは話を聞いてからのことだ。いいな」

みんな少しほっとした顔をした。

安兵衛を先頭にみんなは浜の家に行った。戸口に立ち、声をかけるが返事はない。

「お頭……お頭……」

声は返ってこない。閉め切られた雨戸の隙間には、かすかな明かりが窺える。

「完助、いねえのか……おかしいな」

安兵衛は引き戸に手をかけた。ビクともしない。

「いねえのか……」

「裏にまわりましょう」

政吉の言葉で、安兵衛以下はぞろぞろと家を回り込んだ。裏口が開いていていた。

「……妙だな」

安兵衛は裏口から家のなかに入った。声をかけるが何の声も返ってこない。奥座敷にあわい明かりがある。

「いねえんですか？　安兵衛です」

やはり声は返ってこない。安兵衛は居間にあがり、それから行灯のついている奥座敷に足を向けた。開け放たれた襖《ふすま》に人の足が見えた。

「誰だ……」

開いている襖を横に開けた瞬間、安兵衛は顔色を失った。

「あっ」

あとから来た政吉も目を剝き、化石のように体を固めた。他のものも凝然となっていた。

五

雨戸の隙間から稲光が射し込み、しばらくの間を置いて遠雷が聞こえた。

音次郎はそれで目を覚ました。耳をすますと、屋根をたたく雨音がする。隣では大口を開けた小八郎が鼾《いびき》をかいていた。

音次郎は床を抜けて、雨戸を開けた。昨日の空とは打って変わってのあいにくの天気だ。

「……もう朝ですか」

目を覚ました小八郎がまぶしそうに目を開けた。

「また、雨だ。だが、ゆっくりはしていられねえ。飯を食ったらすぐに出立《しゅったつ》だ。清蔵一家の連中もおっつけ来るはずだから……」

用を足し、顔を洗って部屋に戻ると、もう布団が上げられ、朝餉の支度が調っていた。音次郎と小八郎は急いで飯をかき込んだ。

その間に遠雷は聞こえなくなり、雨も小降りになった。出かける支度を終えたときに、仁吉が迎えにやってきた。

「この先で待っておりやす」

宿を払って表に出ると、たがねの重助が二人の手下を連れて待っていた。皆、番傘をさしている。

「それじゃ行くか」

音次郎が声をかけると、仁吉が案内に立った。

往還にはすでに人馬が行き交っていた。合羽を着た飛脚が裸足で駆けて行けば、ごろごろと大八車を引いて行く人足の姿もあった。

途中に小さな沼があり、雨に濡れた菖蒲《しょうぶ》の花が水面を覆っていた。

宿から鶴見橋まで小半刻《こはんとき》もかからなかった。

「死体を乗せていた舟はどこだ?」

音次郎は雨に打たれる川面を眺めながら聞いた。

「あっちです」

仁吉が橋から少し下った小さな船着場に案内した。舟は棒杭に舫《もや》われていた。仁吉がいったように舟腹に、かすれてはいるが「廻り橋　三国や」という文字が読める。

「舟はこの上の橋杭に引っかかっていたそうで……」

音次郎は鶴見橋を見た。すると、舟は上流から流されてきたのだろう。

「死体はどうなった?」

「死体なんか見てもしょうがねえだろう」

たがねの重助が顎の無精髭を撫でながらいった。

「何かわかるかもしれねえだろう。それを見逃したばかりに、黒緒の金松を見失ったらどうする」

「妙に気の回るやつだ」

重助は半分感心しながら、あきれたように折れた。

鶴見橋そばの農夫小屋に揚《あ》げられた死体は、腐りはじめていたので、すでに埋められていた。ただし、農夫小屋には番人がおり、

「これが死体の着ていたもんです」

と、色あせた半纏《はんてん》を見せた。

それには「湊屋」という染め抜かれた文字が読めた。殺された船頭は湊屋という船宿のものだったのだろう。

「それからもう一艘下の方で同じような舟が見つかりました。やはり、三国やの舟です」

番人が言葉を足した。

農夫小屋を出た音次郎は、雨に烟《けむ》っている橋の上流を見た。

黒緒の金松一味は江戸から二艘の荷舟で、このあたりまで逃げてきたのだろう。雇った船頭は用がなくなったので、口封じのために殺したというわけだ。

「どうします？」

小八郎が隣に来て聞いた。

「黒緒の金松らがこのあたりに来たのは間違いないだろうが、どこへ行ったかだ」

「こんなところで油売ってる暇はねえ。川《かわ》ッ縁《ぷち》の家を聞いてまわっちゃどうだ。どう

せ、そんな数はねえんだ。誰か見たものがいるかもしれねえ」

「いいことに気がつく」

音次郎が感心してやると、褒められた重助は照れたように相好《そうごう》を崩した。

音次郎と小八郎が川上に向かって右岸を、重助と仁吉らが左岸を調べることにした。

両岸の家を調べ終えるのに、そう手間は取らなかった。

その結果わかったことがあった。七、八日ほど前の明け方に、二艘の舟を見ていた百姓がいたのだ。

「田圃の草取りに行こうとしていた百姓が見たっていいます。数は十人いたかどうかと……」

聞きだしてきたのは仁吉だった。

「ただ、それだけかい？」

重助が問うた。

「いや、大八車に何やら荷を載せて生麦のほうへ向かったと、そういいやす」

「生麦……」

音次郎がつぶやいた。

「ここからちょいと西に行った小さな村ですよ」

「荷は盗んだ金だろう。だが、大八車を引いていたとすれば、そう遠くまで行ってはいないはずだ。とすると……」

「やつらの隠れ家が近くにあるはずだ」

音次郎の言葉を重助が引き取った。それから言葉を足した。

「何となく臭うところがある」

「どこだ？」

音次郎は目を光らせた。

「ついてきな」

六

その頃、河野安兵衛と政吉以下六人は、例の浜の家であれこれ思案していた。

「大事なのは金の隠し場だ。ひょっとするとこの家のどこかに隠してあるかもしれねえ。みんなで手分けして探すんだ。千両は下らねえ金だ。そうそう持っていける金じゃねえ」

安兵衛の号令で、みんなは家探しをはじめた。畳をひっ剝《ぱ》がし、天井裏を覗き、押入のものを引きだし、床板を外して縁の下をくまなく探した。

汗だくになって探したが、どこにも金はなかった。

「ひょっとすると庭に埋めてあるかも……」

政吉の言葉で、そうかもしれないということになり、みんなは雨の降る庭に出て、地面に目を凝らし、ここと思われるところを手当たり次第に掘り返していった。

青々と茂った柿の葉を、降り注ぐ雨が濡らしている。

屋根にとまった濡れ鴉《がらす》が、雨に嫌気がさしたといわんばかりの声で鳴いていた。

半刻ほど金を探したが、ついに彼らは見つけることができなかった。

「おい、みんな集まれ」

安兵衛は板の間に仲間を集めた。

「金は目方があるから、二人だけで運ぶのは無理だろう。必ず近くにあるはずだ。だが、このなかに知ってるものはいねえか。完助と隠れ家探しをしたのは……」

安兵衛はみんなの顔を順繰りに見ていって、喜助《きすけ》に目を注いだ。喜助はごくりと喉を動かしてつばを呑んだ。

「おまえ、隠れ家を探すとき、金の隠し場所を聞いちゃいねえか」

「聞いてりゃとっくにしゃべってますよ」

「だが、何か忘れてることがあるかもしれねえ。よく考えるんだ」

全員が喜助に目を注いだ。

瘦せた小男で、顎に中途半端な無精髭を生やしていた。安兵衛は喜助に、鋭い眼光を飛ばしつづけた。

「喜助、よく考えろ。隠れ家を探したのは完助とおまえだ。そのとき完助が何かいってなかったか……」

政吉が膝を進めていう。喜助は遠くに目を向けて、うなるような声を漏らす。

「つぎの仕事があるからって、お頭は千両の支度金を取っておいたんだ。だからおれたちゃ残り千両を山分けしただけだ。このままあの金を持ち逃げされてみろ。おれたちゃ、とんだ面《つら》の皮だ」

政吉はひとりあたりもらったのは、百両だと言葉を足しもした。

「そんなはした金をもらって勝手に足抜けされちゃたまったもんじゃねえぜ。まったく」

「政吉、うるせえ！　ちったあ黙ってろ。喜助が考えてんだ」

安兵衛に怒鳴られた政吉は、肩をすぼめて小さくなった。

静かになった家のなかに、ぽとりぽとりと、庇《ひさし》から落ちる滴音が聞こえてきた。安兵衛は雨戸の向こうに目を向けた。霧のような雨が降りつづいている。

そのとき、駆けてくる足音が聞こえてきた。安兵衛は濃い眉の下にある鷹のような目を光らせ、ぴくりと耳を動かした。土間に駆け込んできたのは、久平次《くへいじ》だった。猿に似た赤ら顔で、昔はけちな掏摸《すり》をやっていた男だ。その赤い顔が、今は青くなっていた。

「何かわかったか？」

安兵衛は眉宇《びう》をひそめて久平次を見た。

「完助に会いました」

全員が顎に流れる汗をぬぐう久平次を見た。

「会って、どうした？」

「七つ半（午後五時）に市場村の専念寺裏に来いって言付けを……」

「なんだと」

安兵衛が眉間にしわを寄せると、政吉が叫ぶような声を発した。

「喧嘩だぜ！」

その頃、音次郎たちは、生麦に近い白旗村にある東福寺から生麦に引き返していた。

半年ほど前、東福寺そばにある庚申塚《こうしんづか》で、黒緒の金松一味と清蔵一家の子分が一悶着《ひともんちゃく》を起こしていた地だった。

たがねの重助はそれを思い出したのだが、あては外れてしまった。

「それにしてもしつこく降りやがる」

重助は暗い空をにらみやった。

「おまえさんは金松の面を見たことはあるのか？」

音次郎は横を歩く重助に聞いた。伝法な口調がだんだん板についていた。

「やつはおれたちばかりでなく、仲間内にも滅多に顔を見せねえってもっぱらの噂だ。手下が二、三十人いるというが、金松と直に話せるのは五人もいないって話だ」

「それなのに二、三十人の手下が……」

口をつぐむ音次郎は、黒緒の金松のことを思った。手下にも顔を見せない盗賊。謎に包まれている分、手下に畏怖《いふ》を抱かせているのかもしれない。

音次郎は徒組にいたが、徒頭はともかく、徒組を支配する若年寄の顔を見たことはない。さらにそのうえの将軍となるとなおさらのことだ。それゆえに、幕府重臣らへの尊敬と畏怖の念があった。

しかし、相手は極悪非道の盗賊である。いったいどんな面をしているのか、拝んでみたいという好奇心がいやがおうでも強くなる。

間もなくして東海道に出た。くすぶる雨のせいで行き交う人の姿はまばらだ。

すでに正午を過ぎていた。

「腹が減った。この先の茶屋で何か入れようじゃねえか」

重助の提案に誰もがうなずいた。

すぐ先に生麦村の茶屋が見えていた。あいにくの天気で客は少ないようだ。店のものも半分商売をあきらめているのか、呼び込みの姿もない。

「重助さん」

茶屋を二軒素通りし、三軒目に入ろうとしたとき、後ろからついてきていた又吉《またきち》という男がいわくありげな顔で声をかけてきた。

「どうした？」

「すぐそこの茶屋です。金松の手下に似てるやつがいるんです」

「なんだと……」

重助が振り返った。音次郎もそっちを見た。葦簀が邪魔をして、その姿を見ることはできなかったが、音次郎は表情を引き締めた。

「たしかか？」

重助が又吉に聞く。

「おそらく間違いありません。おれたちが矢口の渡しで喧嘩した、あのときいたやつだと思うんです」

声をひそめていう又吉は、以前矢口の渡し場で黒緒の金松一味と渡り合い、そのとき仲間を二人殺されていた。

「相手に気づかれねえように、たしかめてこい」

と又吉に指図したのは、音次郎だった。

七

音次郎らは、又吉が隣の店の様子を窺っている間に、菜飯とにぎり飯を腹のなかに収めた。又吉は間もなく戻ってきて、重助に耳打ちした。

「……間違いありません。野郎は金松の手下です」

音次郎は重助と又吉を見た。

「どうします？　とっ捕まえて締めますか……」

「待て」

音次郎は遮るようにいって、言葉を足した。

「相手はひとりなんだな？」

「へえ。誰かを待っているような素振りです」

「だったら様子を見よう。仲間を待っているなら……」

音次郎が言葉を切ったのは、葦簀の向こうにいる金松の手下が長腰掛けから立つのが見えたからだ。やってきたひとりの男と、何やら短く言葉を交わし、茶屋を出て行き、音次郎らの店の前を通り過ぎていった。

「……尾《つ》けよう」

音次郎が立ちあがると、他のものも揃ったように腰掛けを立った。

「待て、大勢じゃ目立っていけねえ。ここはおれと……仁吉、ついてこい」

音次郎はまわりを見て仁吉を名指しし、他のものをそこで待たせることにした。

「何かわかったら仁吉をここに走らせる」

重助は不服そうな顔をしたが、何もいわなかった。

いつやむともしれぬ雨は、少し強くなっていた。

音次郎と仁吉は、金松の手下を尾けはじめた。前を行くのは二人である。揃ったように長脇差しを腰に帯びている。編笠だけで傘は差していない。

音次郎は仁吉に二人を知っているかと訊ねたが、首を振った。

二人の男は街道から海に向かう道に入った。視界が開けているので、音次郎と仁吉は腰を低くし、土手に身を隠したり、松の木の陰に身を寄せながら尾行しなければならなかった。幅二間ほどの道を二町ほど行くと、一軒の藁葺《わらぶ》きの家があった。その先には小さな白波を立てる海が見えている。

男たちは藁葺きの家に入っていった。雨戸が半分開け放してあり、燭台の明かりが見える。音次郎は屋内に動く人の影を、指を折って数えた。少なくとも六、七人はいるようだ。

音次郎と仁吉は小さな松林のなかに入って様子を窺った。

「ここがやつらの隠れ家か……」

音次郎は人の動きを凝視しながらつぶやく。

「黒緒の金松がここにいるんだったら願ってもねえ機会だ。左次郎さん、重助の兄貴に知らせて来ますぜ」

「待て」

音次郎は立とうとした仁吉の袖を引っ張って、一方に顎をしゃくった。

二人がやってきた道に、尻をからげ、腰に刀を差し、槍を持った男たちが小走りでやってくるのが見えた。その数五人。

彼らは音次郎と仁吉の隠れている松林の前を駆け抜けていった。それを迎える男が家の前に現れた。襷《たすき》がけに鉢巻きをしている。何やら物々しい雰囲気が、家のなかにある。

「……何かやるつもりなんだ」

「どうします？　黒緒の金松がここにいるんじゃねえですか」

音次郎は答えなかった。いるかどうかわからない。だが、目の前の家は決して穏やかではない。考えているうちに、また足音が聞こえてきた。そっちを見ると、重助たちだった。音次郎は舌打ちをした。

「何のつもりだ」

そういって重助の前に飛び出したとき、件《くだん》の家で声がした。

「誰かいやがるぞ！」

音次郎はそっちを振り返った。家のなかから男たちが飛び出してきた。

「重助さん、あの家に金松がいるかもしれねえんです！」

仁吉が声を張った。たがねの重助の顔が怒りに震えるように紅潮した。音次郎は、「待て」と制したが、件の家から抜き身の刀を手に駆けてくるものがいる。

こうなったら歯止めは利かない。音次郎は首を振ってあきらめた。重助が手下を連れて、男たちに斬りかかっていった。仁吉もそれにつづく。

「左次郎さん、どうするんです？」

小八郎はどうしていいかわからないといった顔で足踏みをしていた。

「おまえはここにいろ」

音次郎はいい置いて駆けだしたが、その顔は苦渋に満ちていた。件の家には十人以上の人間がいる。対するこっちは、あまり役に立ちそうにない小八郎を入れて六人。劣勢は明らかだった。

目の前に槍が突き出されてきた。音次郎は半身をひねりながら、槍の柄を叩き斬り、相手の足をすくいあげるように斬った。

「ぎゃあー」

男がぬかるむ地面を転げまわった。すぐさま構え直したが、又吉が胸を斬られ血飛沫を上げて倒れるのが見えた。

そのとき、横殴りに振られる刀が襲いかかってきた。腰を落とし、相手の片足を払い蹴るなり、背中に一太刀浴びせ、身をひるがえして新たな敵に身構えた。

撃ちかかってこようとした男の足が止まった。

「黒緒の金松はどこだ?」

「うるせえ!」

男はわめくなり袈裟懸けに刀を振ってきた。単なる雑な喧嘩剣法だった。音次郎は軽く身を引いて、男の肩を叩き斬った。斬られた男は前のめりに倒れ、地を転げまわった。そのとき、仁吉が三人の男たちに囲まれているのに気づいた。

「仁吉、逃げろッ!」

音次郎はとっさに叫んだが、間に合わなかった。

一本の槍が仁吉の脇腹に突き刺さると、すぐさま別の男が肩口を斬った。仁吉の顔が苦痛にゆがみ、前屈《まえかが》みになったとき、後ろ首に新たな刀が叩きつけられた。

音次郎は後ずさりして乱闘場から距離を置いた。この状況ではあまりにも不利だった。

たがねの重助が斬られ、それを庇《かば》おうとした二人も斬られた。

音次郎はさらに下がった。そのとき、ひときわ強い視線に気づいた。乱闘場の端に仁王立ちになっている男がいた。大小を差した総髪の男だ。肝の据わった炯々《けいけい》とした眼光を飛ばしてくる。

音次郎はその男を見返してから、来た道を引き返した。小八郎の姿が消えていたが、しばらく行った松林のなかから「左次郎さん」と、声をあげて飛びだしてきた。

「いったん引きあげだ」

「他のやつは？」

「みんな斬られた」

「出直しだ」

音次郎は追っ手が来ないか背後を振り返ってから、足を急がせた。降りやむことを知らない雨が、顔に張りついた。

第六章　逃避行

一

空はいつ泣き出すかわからない、鼠色《ねずみいろ》の雲に覆われている。

静かに茶を飲んだきぬは、雨戸の外に目を向けた。

日に何度同じことをしているだろうか……。いつ帰ってくるとも知れぬ人を待つ身の辛《つら》さを味わいながら、ときどきこれでもう二度と会えないのかもしれないという不安に襲われ、また、あきらめの心境にもなる。

夫でもなければ恋人とも呼べない人……。

だけれど、きぬが唯一頼れる人であり、心の支えになってくれる頼もしい人でもある。しかし、そんな関係がいつまでつづけられるか、音次郎にもきぬにもわかっていない。

わたしは、旦那さんの世話役なのだから……。

と、胸の内にいい聞かすことも日に幾度もある。だけれども、自分はすべてを旦那さんに許している。

身も、心も……。

きぬは、ふうと、ため息をついて、縁側に立った。あの垣根の向こうに旦那さんが現れないかとあわい期待をして、裏切られる。

もし……。と思ったところで、頭に浮かんだことを打ち消すが、やはり考えてしまう。役目がうまくいかずに、旦那さんがこのまま帰ってこなかったら、自分はどうなるのだろうか……。またあの牢屋敷に戻されるのだろうか？　それとも、別の人の世話役として……そんなことはいやだ。

早く帰ってきてください……。

胸の内で訴えたきぬは、夕餉《ゆうげ》の支度《したく》をしなければならないと、台所を振り返った。きぬは音次郎が帰ってくることを信じ、二人分の夕餉の支度を怠らなかった。そのほとんどが無駄になっているが、今日も作ろうと思った。

下駄を突っかけ、傘を持って家を出た。門口を出たところで、通りの先に目をやる。

やはり音次郎の姿はない。いったいどこで何をしておられるのだろうかと、暗い空を見ながら歩きだしたとき、ぶちっと小さな音がして、足の指が地面についた。

下駄の鼻緒が切れたのだ。

「いやだわ……」

家に戻り下駄を履き替え、あらためて家を出たが、何やら不吉な予感を覚えた。だが、思い過ごしだと自分にいい聞かせる。

ただ、吉蔵が来たら音次郎のことを訊《たず》ねてみようと思った。

南本所瓦町の町屋に出たとき、ぽつりと雨が頰を叩《たた》いた。きぬは空を見あげ、また降りだすのかと思ったが、雨はぱらっと塩をまくように散っただけで、それ以上降ってこなかった。傘をたたんだまま竪川沿いに歩いた。

夕餉には音次郎の好物である魚を用意しておくことが多かったが、今日は日持ちのする塩漬けと佃煮《つくだに》を買おうと決めていた。

きぬは視線を足許に落として歩く。めったに町のものと話をすることはない。昔の自分を知っている人に出会うことはないが、万が一のことを考えていた。

死罪を免《まぬか》れ、こっそり牢屋敷から出された女である。正式な釈放ではなかったので、行動は制限されていた。だが、その気になって逃げようと思えばいつでもできそうだった。そうしないのは、いつもどこかで監視されているという恐怖心があるからだ。

また、牢屋敷を放免されるときの囚獄・石出帯刀の、人の心を射抜くような怜悧《れいり》な眼差《まなざ》しが忘れられないからでもあった。たとえ逃げたとしても、吉蔵がどこまでも追いかけてきそうな気がしてならない。

だが、逃げない一番の理由は、音次郎のそばにいたいという思いであろう。きぬはそのことをよくわかっていた。

横十間川《よこじっけんがわ》に架かる旅所橋《たびしょ》を渡り、深川北松代町の町屋に入った。この先の四ッ目之橋近くにうまい塩漬け屋があった。野菜や魚はもちろん、蟹《かに》や肉も漬けられており、遠方から買い出しに来る人があるほどだ。

その店に近づいたとき、きぬは若い男の子が熱心に人にものを訊ねているのを目にして足を止めた。見るからに御武家の子とわかる。年の頃十五、六であろうか。月代《さかやき》は青々としていて、色白の頬は薄く紅を塗ったように血色がよい。

男の子は手にした紙を見せて何やら一心に訊ねまわっていた。きぬとすれ違うとき、澄み切った厳しい目を向けてきたが、何もいわずに行ってしまった。

きぬは件の店であれこれ物色した。土地のものは、総菜屋が多いこのあたりを、前《せん》栽物市場《ざいものいちば》と呼んでいる。

きぬはあれこれ迷ったが、結局、鯖《さば》の塩漬けだけを買って引き返した。

空は相も変わらず雨雲に覆われている。雨に降られないうちに帰ろうと足を急がせた。さっき見かけた御武家の子に出合ったのは、旅所橋を渡ったすぐのところだった。

やはり男の子はきぬを一瞥《いちべつ》して、近くの店に足を進めた。きぬは自分でも、よくわからなかったが声をかけるべきだと思った。

「あの……」

男の子はすぐ振り返った。唇をきりっと引き結び、まっすぐな目を向けてくる。

「何かを探しておられるのですか……」

男の子は草履《ぞうり》の音も立てずに近づいてきた。

「わたしは浜西晋一郎と申します。父は今年の初めに理不尽なことで、知り合いに斬り殺されてしまい、その敵《かたき》を討とうと捜しているのでございます。その敵は一度召し捕られ、牢屋敷送りとなり死罪を申し渡されたのですが、何故のことがあってか牢から放免され、未だ生きているかもしれないという話を聞くにいたり、こうやって捜しているのでございます」

浜西晋一郎は何度も同じことを繰り返していたのだろう、立て板に水を流すように一気に話した。きぬはどきりと、胸を高鳴らせたが、努めて冷静な顔をよそおった。

「敵はこのものです」

晋一郎は手にした紙を広げて見せた。

瞬間、きぬは顔色を失ったかもしれない。だが、じっとその紙に目を注ぐことで、晋一郎に表情の変化を見られまいとした。

それは人相書きであった。

〈佐久間音次郎　三十三歳　背高き方　頑健な体　眉毛濃き方　眼光鋭し　唇厚き方
色浅黒き方　鼻筋通りし方〉

添え書きの横には、音次郎の似顔絵があった。

「おかみさんは、この男に似たものを見たことはありませんか」

きぬの胸はどきどきと脈打っていた。どのように答えるべきか、めまぐるしく考えた。下手《へた》に答えれば、この浜西晋一郎はこのあたりを聞きまわるに違いない。そうなれば、家の近所まで、いや家までやってくるかもしれない。もし、そのとき音次郎がいたならどうなることか……。

「いかがされました？」

再度の声で、きぬははっと顔をあげた。

「……ひょっとすると」

「ひょっとすると……見たのですか？」

晋一郎は黒い瞳をきらきら輝かせて見てくる。

「いえ、このあたりで見たのではありません。よく似た人に千住で会ったことがあります」

「それはいつです」

晋一郎は必死の顔になって詰め寄ってきた。

「そうですね……」

ここも慎重に答えるべきだった。

「多分、去年のことだったと思います」

晋一郎は期待を裏切られたという顔で、深いため息をついて首を振った。

「去年なら仕方ありません。この男はまだ生きていたのですから……」

「あの……」

「何でしょう？」

「この人は牢屋敷に送られ死罪になったといわれましたね」

「はい」

「だったら生きているのはおかしいのではないでしょうか」

晋一郎は眉間《みけん》にしわを寄せ、唇を嚙《か》んだ。

「……みんなそういいます。ですが、わたしは生きていると思っています。現に佐久間とおぼしき男を一ッ目之橋で見た人がいるのです。それに、この男の妻子を殺した下手人が先日何ものかによって殺されました。おそらく佐久間ではないかと、わたしはにらんでいるのです」

「でも、死罪になった人が……」

「もう結構です。お手間を取らせました」

晋一郎はさっと一礼すると、怒ったような顔をして歩き去った。

きぬはその背中をいつまでも見送っていたが、また頬をぽつんと冷たいものが叩いた。いよいよ空が泣きだしたようだ。傘を広げると、ぱらぱらと地面に雨が広がった。

二

この時期の日足は長いが、雨のせいであたりには闇が迫っていた。それでもまだ夕七つ（午後四時）を過ぎたばかりだ。

黒緒の金松一味がいる家から、いったん離れた音次郎だったが、再度その家に接近していた。たがねの重助らが殺されたことを、潮田の清蔵に伝えるべきかどうか考えたが、そんな暇はなかった。

「小八郎、とんだ修羅場になったが、それでもおまえは金松に会いたいのか？」

件の家を見張れる土手に腹這《はらば》いになったまま音次郎は聞いた。

「……八十両のためです」

音次郎は二の句が継げなかった。顔に似合わず執念深い男だ。

「しかし、どうするんです？」

「わからぬ。だが、やつらは何かおっぱじめるつもりだ」

音次郎は前方の家に目を注ぎつづけている。

すでにその家は闇に包まれており、雨も手伝ってぼやけて見えた。だが、人の動きは尋常でない。声は聞こえないが、あれやこれやと指図しているのは、二本差しの浪人だった。音次郎に鋭い目を向けてきたあの男である。あれが、黒緒の金松なのか？

音次郎には判断がつかなかった。

男たちは誰もが刀や槍を手にし、襷《たすき》がけに鉢巻きという物々しい出で立ちである。脚絆《きゃはん》や手甲《てっこう》をしているものもいる。あきらかに喧嘩《けんか》支度である。

間もなく一同が家の前に出揃《でそろ》った。その数十五人。先頭に二本差しの浪人が立ち、全員に短い言葉をかけて動きだした。

「小八郎、尾《つ》けるぞ」

音次郎は黒緒の金松一味を追いはじめた。暗くなったせいで尾行しやすくなっていた。

「先頭にいるのが金松では……」

小八郎が歩きながらいう。勘ではあるが、音次郎はそうでないと思っていた。金松は滅多に人前に現れないという。金松の顔を知っているのも、腹心の手下五人ぐらいだと聞いている。その話を信じれば、あの男は金松ではないということになる。

男たちは街道に出ると、鶴見橋を渡り、市場村に入った。道をそれ、そぼ降る雨のなかを傘も差さず細道を辿《たど》る。やがて、寺の前に来た。

これは一心山専念寺であった。現在の京浜急行・鶴見市場駅のそばである。境内の観音堂には、紫式部の念持仏という千手大悲の像が祀《まつ》ってある。

男たちはその寺の裏にまわった。鬱蒼《うっそう》とした雑木林があり、田や畑が広がっているが、そこだけ雑草の生えた空き地となっていた。

男たちがあたりを見まわしたとき、寺の鐘がゴーンとひとつだけ鳴った。七つ半

(午後五時)の鐘である。

「そういうことかい」

低く響き渡る声がどこからともなく聞こえてきた。

男たちは周囲に目をめぐらした。雑木林のなかに身をひそめていた音次郎も声を探るために、あたりに視線を飛ばした。

「安兵衛、辰造にそそのかされたか」

「どこだ、どこにいる?」

安兵衛と呼ばれた男があたりを見まわした。二本差しの男だった。

「手下を集めて何の騒ぎだい。おれはおまえと話がしたかっただけだ。それを物々しい喧嘩支度をして群がって来やがるとは……」

「おれはそんなふうに聞いちゃいねえ。それに、勝手に足抜けしようという頭を、許すわけにはいかねえ。出てこいッ! 黒緒の金松!」

安兵衛が声を張った。

身を隠している音次郎は、眉間にしわを寄せた。やはり、あの男は金松ではなかった。一味の頭である黒緒の金松こそが、声の主なのだ。音次郎は忙しくあたりを探ったが、どこにいるかわからなかった。

林のなかか……空き地の先にある小高い土手の裏か……それとも寺の境内なのか……。

「安兵衛、おまえの魂胆はわかった。もはや話し合いは無駄のようだ」

「ひとりで来いとは聞いちゃいねえ」

「……そういうことは察するもんじゃねえか。この期《ご》に及んであきれるぜ」

「何とでもいうがいい。もうおめえなんかについていくのはうんざりだ。これからはおれが頭となって、手下を動かす。支度金をおとなしく差し出せば、命だけは助けてやる」

「ほざけ。その気もねえくせに、この根性なしが……」

「何をッ！」

「これじゃ話にならねえ。あとは勝手にしな」

一方の林がざわざわと風に揺れた。男たちが一斉にそっちを見た。金松の声は途切れている。安兵衛らは慌てた様子であたりを見まわした。

「逃げるつもりだ。頭を捕まえろッ！」

安兵衛の声で手下らが散らばった。

音次郎と小八郎はその様子を見ながら、黒緒の金松の影を探ろうとあちこちを見た。

しばらくして、「いたぞ!」という声が、空き地の先でした。全員が一斉にそっちに駆けていった。

「小八郎、来るんだ」

いうなり、音次郎は雑木林を抜けて、男たちのあとを追った。しばらくすると視界が開け、田圃《たんぼ》の畦道《あぜみち》を駆けていく影が見えた。影は二つだが、どっちが黒緒の金松だかわからない。ただし、ひとりは頭巾《ずきん》を巻いている。二人は、何度か後ろを振り返った。

安兵衛らは泥飛沫《どろしぶき》をあげながら追っている。その差が詰まっているのがわかった。しばらく行ったところで、頭巾の後ろを走っていた男が立ち止まり、刀を八双に構えた。

頭巾が立ち止まって、男に声をかけたが、聞く耳を持たなかった。先に逃げろと頭巾に身振りを交えていっている。その間に安兵衛らが接近してきた。頭巾といっしょにいた男が、安兵衛らに向かって駆けていった。

「完助ー!」

頭巾の悲痛な声が暗い空に広がった。

そのことで、叫んだ頭巾が黒緒の金松だと知れた。

完助は迫り来る男たちのひとりを倒し、さらに打ちかかってきた男の胴腹を斬り抜いた。残りのものたちが金松を追いかける。

「小八郎、金松を助けるのだ」

音次郎はさらりと腰の刀を抜くと、安兵衛の手下らに突っ込んでいった。

こうなったらやむを得ない。相手は盗賊一味、殺されても文句のいえないものばかりだ。

ぬかるむ地を蹴《け》って突進した音次郎は、まず男の背に片手斬りの一撃を浴びせた。

「ぎゃあ！」

斬られた男はそばの田圃に頭から落ちてのたうちまわった。それを見た仲間が音次郎と小八郎に気づいた。

「後ろだ！　後ろに仲間がいやがった」

その声で数人の男が音次郎に襲いかかってきた。

音次郎は突き出された槍を左に払いのけ、返す刀で右にいた男をすくい上げに斬り倒し、天に向かって振り上げた刀を宙で、くるりと回転させるなり、がら空きとなった胴を斬りに来た男の肩に渾身《こんしん》の一撃を叩きつけた。

男の絶叫とともに、血飛沫がほの暗い闇のなかに迸《ほとばし》り弧を描いた。

足場が悪い。畦道は幅一間ほどだ。ところどころに水溜まりがあり、道の脇は田圃か土手になっていた。

新たな悲鳴が一方でした。まわりを囲まれた完助が長槍で串刺しになっていたのだ。

音次郎が血刀にふるいをかけたとき、小八郎の声がした。

「左次郎さん！」

音次郎がそっちを振り返ると同時に、小八郎が袈裟懸《けさが》けに胸を斬られた。

「小八郎ッ！」

音次郎は急ぎ駆け戻って、止めを刺そうとする男の背中を断ち斬った。

「小八郎、大丈夫か？」

脇の下に手を差し入れたが、もはや小八郎は虫の息だった。うつろな目で、何かいおうと唇を震わせたが、それまでだった。

音次郎は静かに目を閉じてやり、金松を追っていく男たちを見た。すぐに追いかけようとしたが、ふと思い出して、小八郎の懐に手を入れた。借用証文は首に下げられた巾着に入っていた。それを懐にねじ込んだ音次郎は、尻を端折《はしょ》って駆けだした。

金松が二、三人の男を相手に立ち回りながら、逃げ道を探っていた。音次郎はおたついている男たちを追い抜き、斬りかかってくるものの刀を払いのけ、あるいは斬りつけて前へ進んだ。

金松は鶴見川の土手道に辿り着いていた。音次郎は横からまわりこんで、金松に打ちかかっていた男の刀を弾き返し、脇腹を斬り抜いた。

「助太刀いたす」

本来の口調に戻った音次郎は、金松の前に立ち塞《ふさ》がって男たちと対峙《たいじ》した。

「おまえは……」

金松が声をかけてきた。

「いいから逃げろ」

音次郎は横から打ちかかってきた男の刀を、半身になってかわし、片腕を斬り落とした。短い悲鳴をあげて男は土手を転がった。

安兵衛が前に現れたのはそのときだった。

「おぬし……」

声と同時に鋭く撃ち込んできた。

音次郎は右足を下げ、刀の峰でその撃ち込みを受けるなり、真一文字に斬り抜いたが、安兵衛はそれを見切って横にかわした。なまなかな腕でないとわかった。

だが、音次郎は休まなかった。息はあがっていたが、間髪を入れずに上段から袈裟懸けに刀を振り抜いた。安兵衛はかろうじてかわしたが、ぬかるむ地面に足をすくわれ、尻餅《しりもち》をついた。すかさず首を狙《ねら》って撃ち込んだが、その前に槍が突き出されてきた。

中途半端な体勢で槍をかわしながら、その男の右手首を叩き斬った。その間に、起きあがった安兵衛が、鋭い突きを入れてきた。音次郎は左にかわした。転瞬、背後から襲いかかろうとしていた男の腹を突き刺した。

音次郎はそのままゆっくり後ろに下がった。安兵衛がじりじりと間合いを詰めてくる。音次郎の背後は川岸である。

「御浪人、こっちだ！」

金松の声がした。

音次郎は刀を男の腹から抜くと、そのまま男を突き飛ばした。ぶつかりそうになった安兵衛らが、飛び下がった。

音次郎はその隙を見て、川岸に駆け下りた。

金松は一艘の舟に乗っており、舫《もやい》をほどき、棹《さお》を岸にあてていた。

音次郎が舟に飛び乗ると、金松が棹で岸を押した。舟はすうっと岸を離れ、あっという間に川の流れに乗った。

安兵衛らが川岸を追ってきたが、その姿も夕まぐれの闇に呑まれ、やがて見えなくなった。

三

「もう追って来るやつは見えないかい？」

聞かれた音次郎は、川の土手道に目を注いだあとで、黒緒の金松を振り返った。

「おかげで助かった。あんた、何もんだい？」

金松の顔は闇に塗り込まれてよく見えない。その声は低くかすれていた。

「一介の浪人だ」

「名は？」

一瞬、どう答えるべきか考えた。

「音次郎でいい。あんたは……」

「名乗るほどのもんじゃないが、おれを襲ってきたやつらは黒緒の金松と呼んでいる」

音次郎は眉間にしわを寄せて、金松を凝視した。

華奢《きゃしゃ》な体つきだ。棹を操る腕も細い。

「もしや、おまえは女……」

「女で悪いか……。ともかく身を隠せる場所に行く。あんたには礼をしなきゃならねえしな」

舟は鶴見橋の下をくぐると、海に近いところまで行き、河口の左にある河原に着けられた。闇はすっかり濃くなっていた。

「ちょいと歩くがついてきてくれ」

さっき死ぬか生きるかの立ち回りをやったのに、金松は落ち着いていた。雨は降りつづいていたがそう強くはない。それでも二人ともびしょ濡れである。

音次郎は江戸から持ってきた深編笠を落としていたので、髪も濡れていた。金松は頭に黒頭巾を巻いているが、剃髪《ていはつ》しているのがわかった。うなじにも鬢《びん》にも毛がないのだ。

金松が連れて行ったのは、八丁畷《はっちょうなわて》の松並木からほどないところにある一軒の小さな百姓家だった。

「爺さん、いるかい？」

金松が声をかけると、引き戸ががたぴしいいながら横に開かれた。くすぶった顔を

した老爺が、ぐすっと洟《はな》をすすった。じろりと音次郎に目を注ぎ、

「客連れか……」

ただ、そういって家のなかに入れてくれた。

「爺さん、そっちは音次郎さんという方だ。おれの命の恩人だ」

「へえ、そうかね、それじゃ丁重におもてなししなきゃならねえな」

爺さんは乾いた手拭《てぬぐ》いを二人に渡した。

「濡れたままじゃ風邪を引く。お松、何か着替えを出してやんな」

「わかってらぁ」

金松はそういうと、襖《ふすま》を閉めた。着替えをしてるらしく、音次郎の背後でごそごそ音がする。

「爺さん。今、お松といったが……」

音次郎は差しだされた湯呑《ゆの》みをつかんで聞いた。

「あいつの名がそうだから、そう呼んだまでだ。何か……」

「いや」

音次郎は黙って茶を飲んだ。

爺さんは六十を超えているかもしれない。頭にはかろうじて白髪が張りついている

だけで、束ね結わえた髷《まげ》は親指ぐらいしかない。

着替えを終えた黒緒の金松ことお松が、そばにやってきて腰をおろした。明るいところで見ると、女だとわかる。もっとも黙っていれば、どっちつかずかもしれない。剃《そ》った眉の下には、鋭く切れ上がった目がある。瞳は黒漆《くろうるし》のように輝いていた。

「爺さん、今夜は世話になるよ。音次郎さん、これに着替えな。濡れた着物はそっちの部屋に掛けておくといい」

浴衣を受け取った音次郎は、隣の部屋で着替えにかかった。すぐそばにいる黒緒の金松をどうするか考えた。ここで取り押さえてもよいが、どうやって江戸まで護送する……。村役人に頼むこともできるだろうが、そうすれば潮田の清蔵一家は黙っていないだろう。金松に遺恨を持っている彼らが黙って見送るとは思えない。

ともかく一晩考えようと思い、居間に戻った。酒の用意がしてあった。

「いけない口じゃないだろ」

黒緒の金松ことお松が、酒を勧めた。音次郎は酌を受けて飲んだ。爺さんは部屋の隅で、手酌でやり出した。

「お松と呼んでいいのか、それとも黒緒の金松と……」

音次郎は酒を飲んでから聞いた。

「好きに呼べばいいさ。だが、おれのことをよく知ってるやつは、みんなお松だ」

「それじゃお松と呼ばせてもらう」

「もっともおれを裏切った、さっきの手下らはそう呼んでいない。お松と呼んだのは、阿倍の辰造だけだった。辰造はこの手で殺しちまったが……」

お松は目の前にあげた右手の拳を結んで開いた。それから、ふいと音次郎に視線をからませてきて、急にかしこまり、両手をついた。

「音次郎さん、さっきは危ないところをかたじけねえ。このとおり礼をいわせてもらいやす」

「礼には及ばぬ。だが、おまえが、黒緒の金松だったとは……」

お松は目をすがめた。

「どういうことだい？」

「おまえを捜しに来たんだ」

「おれを……」

お松は相手を探るように目を細めた。

「深川に条市《くめいち》って芸者がいた。知っているな……」

お松は細めていた目を、今度は見開いた。

「粂市がどうした。何かあったのか？」

「二月ほど前に殺された」

「えっ？　嘘《うそ》だろ……」

お松は口を半開きにした。

「嘘じゃない。粂市に世話になった小八郎という太鼓持ちがいるのだが、おれはその小八郎といっしょにおまえに会いに来たのだ」

「何のために……」

「小八郎は、おまえに粂市が死んだことを知らせなければならぬといっていた。おれはその用心棒代わりとしてついてきただけだ。もっともその小八郎は、さっきの喧嘩騒ぎで殺されてしまったが……」

「出鱈目《でたらめ》いってるんじゃねえだろうな。もし、そうだったら承知しねえぜ」

お松はにらみを利かせ、腕まくりをした。

音次郎は黙って懐に手を突っ込み、小八郎の懐から抜き出していた借用証文を広げて見せた。「あ」と、お松の口が開き、目が証文と音次郎を往き来した。

「これはおれが姉さんに……」

「姉さん……？」

「粂市はおれの姉さんなんだ。ほんとはお竹っていうんだけど……それじゃほんとに姉さんは……」

音次郎はわずかな驚きを覚えながらも、小八郎から聞いたことをそっくり話してやった。粂市が殺された夜と、小八郎がその死体を見つけたときのことだ。

「それじゃ下手人は……」

「わからぬ」

音次郎は首を振った。

お松はがっくりうなだれたが、その目はどこかとてつもなく遠いところを見ているようだった。やがて、その顔がゆっくり上がった。

爺さんが目をしょぼつかせながら声をかけてきた。

「仲間に裏切られたのか……」

「足を洗うといい出したら、この始末さ。危うく殺されるところだったけど、この音次郎さんが助けてくれたってわけさ」

「おまえさんも……まったく……」

爺さんはもう言葉もないというように首を振った。

「爺さん、おれは音次郎さんに話がある。眠くなったらさっさと寝ていいぜ」

「いわれずともそうするさ」

お松は爺さんから、音次郎に顔を戻した。

「あんたのことが知りてえ、もう少し話を聞かせてくれ」

お松は真剣な眼差しを音次郎に向けた。

四

風が出てきたらしく、木の枝が雨戸を引っかきはじめた。雨音も少し強くなっている。吹き込んでくる隙間風が燭台《しょくだい》の明かりを揺らした。

爺さんは居間奥の部屋に引っ込み、鼾《いびき》をかいていた。

「それじゃあんたも殺しを……」

小八郎とどうやって知り合ったかを話したところで、お松が声を漏らした。

「おれは総州は生実村《おゆみむら》の無宿浪人だ。妻子を殺された敵を討ったというのに、牢に送られたが、牢内の吟味でようやく身の潔白が晴れたというわけだ」

この辺は嘘も方便であった。また本来の役目をここで明かすわけにはいかなかった。

「小八郎のことを知っているのか……」

　音次郎はお松を見た。それほど飲んではいないが、目が赤みを帯びていた。おそらく疲れもあるのだろう。

「じかに会ったことはねえが、姉さんから面倒を見たい太鼓持ちがいると聞いてはいた。それが小八郎だろう」

「いつの話だ？」

「姉さんから金を借りたときだ」

「その金は何に使った？」

「ふん。そんなことを……で、あんたはおれのことをどこまで知っているんだい？」

　お松は片膝を立て、煙管《きせる》を吸った。すぼめた口から細い煙を吐く。

「外道《げどう》だと聞いている。……自分のやったことを思えば、それ以上のことはいわずとも知れるだろう。もっとも、女だとは思ってもいなかったが……」

「おれにはこんな生き方しかなかったんだ」

　お松はあくまでもはすっぱなものいいをして、煙管を灰吹きに打ちつけた。と、その手が止まり、目が光った。音次郎も表の気配に気づいた。

　二人は息を詰め、雨戸のそばまで這うようにして行き、節穴に目をつけた。

「くそ、感づかれた。しつけえ野郎たちだ」

お松は舌打ちをした。

「音次郎さん、着替えるんだ。手下に嗅《か》ぎつけられた」

二人は急いで着替えをして、裏口に立った。木立の向こうに提灯《ちょうちん》の明かりが見え隠れしていた。

「待っててくれ」

お松はそういって、爺さんのところに行って声をかけていた。自分を狙う手下がやってきたので、ここを出る、しばらく会えないが達者でいろといっていた。あとで金を送るとも付け足した。

音次郎は木立の合間に見える提灯の動きを凝視していた。そばにお松が戻ってきた。

「おまえの手下なのか……」

「こんな時分にこの辺にやってくるやつはいねえ。……しかし、誰が……」

お松はそういって目を動かして、

「やはり辰造の野郎が裏切ってやがったんだ。ここを知ってるのはあいつと完助しかいなかった。くそッ……」

「どうする？」

音次郎がそういったとき、表戸にトンという軽い音がした。二人は同時に戸口を振り返った。赤い明かりが戸板の隙間から射し込んできた。火矢を撃ち込まれたのだ。

「爺さん、逃げるんだ！」

お松が叫んだとき、戸口がめらめらと燃えだした。さらに座敷奥にも炎が立つのが見えた。どうやら家のまわりを囲まれたようだ。

「お松、おれから離れるな」

「どうするんだ？」

「丸焼けになりたくなかったら、さあ、ついてこい」

音次郎はお松の手をつかんで、表に飛び出した。

「爺さん、逃げるんだぜ！」

お松が家のなかに叫んだ。

周囲で、「いたぞ！」という声があがった。

提灯が音次郎とお松のほうに動きだした。背後の家は大きな炎を上げていた。田の畦道に出たとき、二人の男が撃ちかかってきた。音次郎はひとりの刀を弾き返すなり、もうひとりの胸を断ち斬った。刀を弾かれた男が再度、撃ちかかってきたので、腹を突き刺した。足で腰を蹴って、刀を引き抜き、

「お松、先に行け」

そういって、まわりを見た。
五、六人の男たちが、行く手を塞ぐように回り込んでいる。水田がその提灯の明かりを映していた。爺さんの家は火の勢いを増しており、夜目が利くようになっている。その家のほうからも四、五人の男たちが迫ってきていた。
「お松、気をつけるんだ！」

いったとき、お松が撃ちかかってきた男の刀を受けて、腹を足で蹴った。蹴られた男が蹲《うずくま》ったところに、お松の刀が襲いかかった。

「ぎゃあ！」

眉間を斬られた男は後ろ向きに卒倒し、田圃のなかに落ちた。

音次郎はお松に近づくと、前に立ち塞がる男たちと対峙した。下段青眼に構え、じりじりと足を進める。背後からも男たちが迫っている。

「とおっー！」

裂帛《れっぱく》の気合を込めて、前に飛んだ音次郎は刀を一閃《いっせん》させた。男の片腕が斬り飛ばされ、弧を描いて大地に落ちた。そのとき、音次郎の第二の白刃が雨を弾きながら、もうひとりの男の首筋に食い込んでいた。

音次郎はその男には目もくれず、迅雷《じんらい》の早技で、つぎの男の胴を斬り抜いていた。

すぐに体勢を立て直し、青眼に構えると、残りの男たちがたじろいだ。

先に行っていたお松が、「こっちだ」と振り返った。

音次郎はお松を追って雑木林のなかに駆け込み、闇のなかを走った。提灯を持った男たちが追ってくるが、その数は少なくなっていた。

あたりは深い闇だ。だが、お松には土地鑑があるらしく、こっちだ、あっちだと杣《そま》道《みち》を進んで行く。雨を吸った蔓《かずら》や小枝が頬を叩きに来た。

水を含んだ落ち葉に足が滑りそうになった。やがて、二人は海岸に出た。砂浜と松林のなかを小走りに駆けた。もう追ってくる提灯の明かりはなかった。

「どこへ行く?」

「この先に、漁師小屋がある。そこなら大丈夫だ」

お松が息を切らしながら答えた。

間もなく、小さな漁師小屋が見えた。二人は一度あたりを見まわしてから、その小屋に飛び込んだ。

五

漁師小屋は、ただの掘っ立て小屋といってよかった。四畳半ほどの広さで、隅に使い物にならない網が丸めてあり、破れた笊《ざる》や籠《かご》が転がっていた。手探りでそれらをたしかめた二人は、半刻以上もじっとそこに息をひそめていた。

追っ手はどうやらあきらめたようだ。

提灯の明かりは見えないし、男たちの影もない。近づいてくる足音も聞こえない。ただ海を渡る風の音と波の音、それから小屋に吹きつける雨の音がするだけだ。

小屋は朽ちているらしく雨漏りがひどい。その滴が音次郎の髷や頬を濡らしていた。

「もういいだろう。明かりをつけよう」

「そんなもんねえよ」

音次郎はお松にはかまわず、火打ち袋を出して懐紙に火をつけた。薄ぼんやりと小屋のなかが見えるようになった。壊れた酒樽《さかだる》や笊や籠があるので、それを雨に漏れないところに集め、小さく折って火をつけた。

炎が上がると、小屋のなかは一層明るくなった。埃《ほこり》を被《かぶ》った茣蓙《ござ》があったので、二人は並んで座り火にあたった。

体が触れ合い、音次郎はお松が震えているのに気づいた。音次郎も寒気がしていた。雨でずぶ濡れになった着物が体温を奪うのだ。

「着物を乾かしたがいいかもしれぬ」

ぽつりというと、お松がそうしようといって、さっさと濡れた着物を脱いだ。黒の素編みも脱ぎ、胸にきつく巻いている晒《さらし》だけになった。

華奢だがきれいな体つきだ。日焼けした顔と違い、着物に隠れた肌は白くて肌理《きめ》が細かかった。音次郎も下帯一枚になり、漁師網の紐をうまく使って濡れた着物を干した。

「あの爺さんとはどんな仲なんだ？」

音次郎は火をくべながら聞いた。

「笠間の玄造《げんぞう》という盗人さ。もっともずいぶん昔のことだけど、常陸《ひたち》から流れ盗《づと》めをしながら江戸に来て、おれと知り合ってから足を洗ったんだ。あの家はおれが爺さんにこっそり与えていたんだけど……もう燃えちまっただろうな……」

お松は、ぽつんといって膝を抱きかかえた。白い肌が焚《た》き火に染められていた。

「足を洗うとかいっていたが……」

「あきあきしたのさ。それに一生楽して暮らせる金も稼いだ。ただ、それだけのことさ」

「粂市から借りた金は盗みをやるために使ったのか……」

「ああ、そうさ。姉さんには倍返しをするつもりだったが、誰がいってえ姉さんを……ちくしょう……」

お松は悔しそうに唇を噛み、ぶるっと体を震わせた。音次郎はそんな様子を見て、網紐に掛けた着物を引き寄せた。

「その晒も濡れている。乾かしたがいい。生乾きだが、まだこっちを羽織っているほうがましだ。そのままだと風邪を引いてしまう」

お松がじっと見つめてきた。

「……あんた、やさしいんだね」

「早くしろ」

いわれたお松はすっくと立ちあがると、音次郎の目を憚《はばか》ることなく、晒をほどき全裸になった。晒には金が挟み込まれていた。そのとき、音次郎はお松の背中と胸にある彫り物に目を奪われた。極彩色の大蛇が、焚き火に染められる白い肌に浮きあがっていた。

内心で驚いたが、音次郎はお松に着物をかけてやった。

「……すごい彫り物だ」

「親分に無理矢理彫らされたのさ。あんたも寒いんじゃないか、こうすりゃいい……」

二人で一枚の着物を分け合うようにしてかけた。肌と肌がいやがおうでも触れ合う。音次郎はお松の体のぬくもりを感じた。

「親分というのは……」

「千住を仕切っていた大蛇《おろち》の久兵衛ってやくざさ。おれは相州三浦郡の小さな村で生まれたけど、姉さんといっしょにこの先の川崎宿に叩き売られたんだ。姉さんは泉屋に、おれは水茶屋だった」

それはお松が十三のときだった。粂市ことお竹が十六。

お松は親を呪《のろ》った。まだ陰毛も生えていない自分を娼婦にしたのだ。月のものさえなかった。それでも、男たちはいやがる自分を無理矢理、手込めにして喜んだ。悔しくて悲しくて涙も出なかった。

その水茶屋ではたらいたのは二月《ふたつき》ほどだったが、いい加減辛抱ができなくなり、店を飛び出したその足でお竹のいる店に行き、江戸に逃げようといった。

お竹は渋ったが、

「こんなとこにいるとわたしは殺されてしまう。頼むから姉さん、いっしょに逃げておくれ。姉さんだって下ばたらきはいやなんじゃないかい」

お松はしつこくお竹を口説いた。そのお竹の手は寒さにひび割れ、頬はしもやけが春になっても治っていなかった。

「姉さん、わたしはいやだよ。見も知らない男たちに昼も夜も……何をされていると思うんだい」

お松の涙を見たお竹はその心中を察し、江戸に逃げることを決めた。お松がお竹が奉公に上がっている泉屋に火をつけたのは、その夜のことだった。

二人は東海道を下り江戸に入ると、品川の茶屋で半年ほど女中奉公をし、そのうちお竹は深川の芸者置屋に流れていった。

お松は日本橋の小間物屋に入ることになったが、そのとき町の地回りにからまれた。救ってくれたのが千住の親分・大蛇の久兵衛だった。

以来、お松は久兵衛の家に入り、身のまわりの世話をするようになったが、いつしか久兵衛の妾《めかけ》と同じようになっていた。

大蛇の彫り物を入れられたのはその頃である。だが、お松は心の底から久兵衛を慕っていたわけではなかった。何より自分より三十も離れた男に体を弄《もてあそ》ばれるのがいやでしようがなかった。いつか逃げようと思っていたが、まわりの子分の目が光っているので、なかなかその機会がなかった。

だが、ついに我慢もここまでと、久兵衛を殺して逃げることにした。子分に殺されるかもしれないという恐怖はあったが、もう覚悟のうえだった。

いつものように久兵衛の閨《ねや》に呼ばれたお松は、臥所《ふしど》に横になった。久兵衛がたるんだ笑みを浮かべ、覆い被さってきた。そのとき、布団の下に隠していた匕首《あいくち》で、久兵衛の心の臓をひと突きした。

「あっけなかった。こんな簡単に人は死ぬのかと思ったよ」

お松は焚き火に火をくべた。

「それからどうやって生きるかってときに、ばったり爺さんに会ったんだ。何度か親分の家で世話になっていたので、おれとは顔見知りだった。だけど、爺さんは最初会ったときからおれに情けをかけるようなことをいってくれていた。だから、この爺さんだけは信用できると思ったんだ」

「…………」

音次郎は板壁に映る自分の影を見つめた。

「それで正直に話をすると、あの爺さんはおれと組もうといった。まあ、正直なところ迷いもしたが、もう他にやることがなかった。それから、おれも盗人稼業だ」

「…………」

「人を何人も殺しちまった。……手下にも殺させた。押し入った家の女はことごとく手込めにしてやれと指図もした。あいつら、喜んでそんなことを……」

聞いている音次郎は顔をしかめた。

「だけどよ、音次郎さん」

お松が顔を向けてきた。

「おれには梅吉《うめきち》という兄さんがいたんだ。その兄さんは、村の役人にある日、おれの目の前で殴り殺された。そのときは何で殺されるのかわからなかった。あとで知ったのは、寺の賽銭《さいせん》を盗んだからとわかった。それも十五文だ。十五文で殺されちまったんだ。兄さんの命はたったの十五文だった。おれは悔しかったよ。世間を恨んだよ。この世に生まれてきたことを、そして親も恨んだ。おれはずっと誰かを恨みつづけて生きてきたんだ。それがおれの生きる道だったんだろうな……。だけど、姉さんだけは違った。あの姉さんだけは……」

お松は奥歯を噛んで、黙り込んだ。

ぱちっと、焚き火が爆《は》ぜた。

この女は稀代《きたい》の悪女だ、と音次郎は思った。その境涯には同情するところもあるが、のしかかってくる不幸に抗することができず、純粋な心が封印され、やがて熟成されるうちにねじれたりたわんだりして毒汁となって溢《あふ》れ、悪鬼となったのだ。

だが、あえて音次郎は訊ねた。

「盗みに入り人を殺《あや》めたのは、おまえの考えか？」

「最初はそんなことはなかった。だが、爺さんの体が悪くなったとき、おれが仕切ることにした。だが、おれは女だ。それを知られちゃまずいので、爺さんはおれに教え込んだ。血みどろの残虐さでやれ、最初に手下の心の臓をぎゅっとつかんで脅しつけ、震え上がらせろ。そうすりゃやつらは黙っていてもついてくるとな」

「どんなやり方をした？」

「妙に逆らう手下の目ン玉を突き刺してやった。寝首をかっ切った手下の、あそこをちょん切ってもやった」

「……………」

音次郎は首を振った。

「あきれるだろうが、まったく爺さんのいったようになっちまった。それから滅多にてめえの顔を人に見せねえことだとも教えてくれた。まったくあの爺さんは悪党だ。だけど、爺さんのいうとおりだった。いつの間にかおれの名を聞くだけで、押し入った店のものはしょんべんちびって震え上がった。それに知らぬ間におれの名が世間に広まってるじゃねえか……おれに逆らう手下も出なかった。なのに、最後には裏切られちまった」

ははは、ざまねえなと、お松は自嘲《じちょう》した。

「なぜ足を洗おうと思った？」

「さっきもいったろう。盗みと殺しにあきたのよ。それに、こう見えたって女だ。まだ捨てたもんじゃねえ年だし、好きになれる男がほしいんだ。その辺の女のように、惚れた男に甘えてみてえと思うんだ。それに、子のひとりも産んでみてえ。……そんなこと思っちゃ悪いかい？」

音次郎は長く息を吐き出した。

「……おまえも女というわけだ」

「あたりめえだろう」

「どういうわけで、頭を剃ってる」

「女の髪じゃ具合が悪いだろ。それにときどき、尼さんに化けてあちこち歩ける。そうやってめぼしい店を見つけることもできた」

お松は火を足して、煙に顔をそむけた。

「とんでもねえ話を聞かしちまったな。あきれ返ってるんじゃねえか」

「……そうでもないさ」

「なあ」

お松が潤んだ目を寄こしてきた。音次郎が見返すと、そっと胸に顔を預けてきた。

「おれは強い男が好きだ。あんたが気に入った」

「…………」

「抱いてくれねえか」

音次郎は返事をしなかった。胸にお松のぬくもりを感じながら、きぬのことを思った。早くきぬに会いたい。

「なあ、どうしたのさ。あたいは……」

お松が顔をあげて、唇を寄せてきた。音次郎は顔をそむけた。

「おまえの姉さんはお竹といった。芸者名を粂市……」

「それがどうした？」

「下手人をおれは知っているかもしれない」

お松の顔が、はっとなった。

「昔、大蛇の久兵衛に仕えていた信三郎という男がいる」

「なんで、信三郎を……」

「やつは今、箱持ちをやっている。深川の芸者衆の用心棒を兼ねてな」

「ほんとかい？」

お松の目がきらきら輝いた。

「粂市殺しの下手人は、粂市と顔見知りだったと考えていい。殺されたのは夜中だ。だが、家のなかは荒らされていなかった。つまり、粂市は知らぬ人間を入れたのではないということだ。それに……」

「なんだい？」

「こう考えることもできる。信三郎は大蛇の久兵衛の敵を討つために、おまえを捜していた。捜すうちに、粂市がおまえの姉であることを突き止め、深川で箱持ちをしていれば、いずれおまえが近づいてくると考えた。ところが、なかなかそうならない。それでおまえをおびき出すために、粂市を殺した」

お松は刻《とき》が止まったように、しばらく口を半開きにしていた。

いつの間にか雨の音がしなくなった。

ただ、むせび泣くような風の音が聞こえるだけだった。

「音次郎さん、おれは敵を討つ。手伝ってくれねえか」

六

また、いつ降りだすかわからないが、その朝、雨はやんでいた。

潮田の清蔵は居間で煙管を吸いながら、表を眺めていた。庭の樹木も近くに見える野や田もすがすがしい朝の冷気に包まれていた。

だが、清蔵の顔には苦渋の色が浮かんでいた。黒緒の金松を捜しに行った、たがねの重助らが帰ってこないのだ。沙汰《さた》がないのは、まだ金松一味を見つけていないと考えてもいいが、清蔵はいやな胸騒ぎを覚えていた。

屋根の庇《ひさし》から、ぽとりぽとりと、雨の残り滴が音を立てて落ちていた。

たがねの重助らのことが気にかかっていた清蔵は、その朝早く、彼らを捜すために子分を四方に走らせていた。

知らせは昼四つ（午前十時）の鐘を聞いても入ってこなかった。

清蔵は居間から座敷に移り、縁側の外を眺めた。雲が忙しく動いている。その雲の隙間に、ときおり太陽がのぞき、地上に光を落としたが、それもすぐに他の雲に遮られてしまった。中天に昇りつつある太陽は、薄い雲の向こうにぼやけていた。

四つ半前に、最初の知らせが入った。

「昨夜、八丁畷の百姓家が火事で燃えたんですが、その近くに死体が六つほど転がっていたそうです。それで気になって村役に見せてもらいましたが……」

「まさか、重助や仁吉っていうんじゃねえだろうな」

気が気でなかった清蔵は子分を遮って尻を浮かした。

「いえ、兄貴たちじゃありません。あっしも見たことねえ面ばかりでした」

「村役は何といっていた」

「土地のものじゃないと、首をかしげるばかりでした」

清蔵はわずかに胸をなで下ろして、ぬるくなった茶を飲んだ。

それから小半刻ほどして、また新たな知らせが持ち込まれた。今度は市場村の外れ、鶴見川のそばの田圃道にいくつかの死体が見つかったというものだった。だが、これにも清蔵の子分は含まれていなかった。

「あっちでもこっちでもって……いったい誰が殺し合いをやってるんだ……」

　一体全体どうなっているのかと、首をかしげるばかりである。

　宿場の役人連中が揃ってやってきたのは、昼前のことである。名主に年寄り格と、二人の番人だった。みんな清蔵の知った顔だ。

「雁首《がんくび》揃えてどうしなさった？」

「すでに親分の耳に入ってるとは思いますが、八丁畷と市場村のほうで死体がごろごろ出てきたんです。玄造という年寄りが住んでいた家も丸焼けになりましてね。親分さんに何か心当たりがあるのではと……」

　清蔵は宿役人らをにらんだ。

「おい、よもやおれが騒ぎの張本人だと思ってるんじゃねえだろうな」

　どすを利かせていうと、名主が慌てたように鼻の前で手を振った。

「そんなことは思ってもいません。ただ、何かご存じなら教えてもらいたいと、へえ、ただそれだけのことでございます」

「おい、おれを疑ってるんなら、子分を残らず集めて、ひとりひとりに聞くがいい。おれは騒ぎのひとつも起こしちゃいねえんだ」

「いえ、いえ、親分さんが何もご存じでなければ、それでいいんです。あとはこっちで調べますので。へえ、みんなそれじゃそういうことだ。行こうじゃないか」

名主は額に浮かんだ冷や汗を拭うと、清蔵にへいこら頭を下げて家を出て行った。

「……まったくどういうことだ」

宿役人らが帰っていくと、清蔵は煙草に火をつけて喫んだ。

その煙草を喫み終わらないうちに、また新たな知らせが飛び込んできた。

「なんだと、今度は生麦村の家で……」

また、死体が見つかったというのだ。だが、今度は驚くだけではなかった。

「へえ、それがその死体の中に重助の兄貴と、仁吉が……」

「いたっていうのか？」

「又吉も久作の死体もそこに……」

「なんだと」

清蔵はまなじりを吊《つ》り上げて、曇った空をにらんだ。それから知らせを持ってきた子分に目を戻して聞いた。

「左次郎って浪人と、小八郎ってやつはどうした？」

「それはありませんで……」

「くそ、どうなってるんだ。みんな黒緒の金松を捜しに行って……待てよ、左次郎という浪人と小八郎というやつは……ひょっとすると」

清蔵はうなるように言葉を漏らしながら腕を組んだ。そのとき、土間に入ってきた子分が、「親分、妙なことがあります」と清蔵に声をかけた。

「なんだ？」

「黒緒の金松から金を返してもらうといっていた小八郎って野郎です。そいつの死体がありました」

「どこにだ？」

「へえ、専念寺の裏のほうです。そばにもいくつか死体があったっていいます」

「なんだと……」

清蔵は何だか頭が混乱しそうだった。

だが、気持ちを落ち着けて考えをめぐらすうちに、ひとつのことに思いあたった。

土間と座敷には五、六人の若い衆がいた。

「おい、ひょっとすると左次郎って野郎は、やっぱり黒緒の金松の差し金だったのかもしれねえ。やつをとっ捕まえるんだ。このまんまじゃ寝付きが悪くってしょうがねえ」

「重助の兄貴らもどういうわけで殺されたのかわからなきゃ、浮かばれませんからね」

「そういうこった。みんな、手分けして宿場の出入口を見張れ、それから六郷の渡し場もだ。いや、こういったことには念を入れるべきだ。矢口の渡し場にも平間の渡し場にも人を張りつけろ。左次郎って野郎を何がなんでも捕まえるんだ。逆らうようだったら片腕か片足を斬って、生け捕りにしろ」

「人はどうします?」

「集めろ。モタモタするな。急いでやるんだ。おれも渡し場に張りつくことにする。さあ、わかったら行け」

「へえ!」

と、答えた子分らの声が揃った。

七

漁師小屋を出た音次郎とお松は、川崎宿の砂子《いさご》に来ていた。音次郎は深編笠を、お松は黒い頭巾を買い求めていた。

「ちょいと待ってくれ」

大師道の手前でお松が小間物屋に入っていった。草鞋《わらじ》を買うという。表で待つ音次郎はさっきから宿場に流れる不穏な気配を感じていた。それは不確かなもので、気のせいかもしれないが、町のあちこちに目つきの悪い男たちが立ち、通行人に目を光らせているからだった。血相変え、渡し場のほうへ尻端折りで駆けていくものもいる。深編笠を目深に被った音次郎は、それらの男たちを静かに観察していた。渡し場で何か揉め事でも起きているのか……。もし、そうだったら関わりたくない。

お松が店から出てきた。

「あんたも、替えたがいいよ」

お松は音次郎に買った草鞋を放り渡した。

「いつも、これでなきゃならねえんだ」

お松は履き替えた草鞋の先で、地面をトントンと叩いた。それは黒緒のついた前のめりの厚草鞋だった。

「黒緒の金松という通り名は、その草鞋からつけられたのか？」

音次郎はお松の引き締まった足首を見ていった。

「そんなとこさ。さ、行くぜ」

音次郎は受け取った草鞋を肩にかけて歩き出したが、やはりまわりの男たちのことが気にかかった。

「妙じゃないか。宿場の様子がおかしいような気がするが……」

「何かあったんだろう。関わり合わなきゃいいだけのことさ」

お松はのんきなことをいう。

雨はやんでいるが、相も変わらずの曇天だ。だが、午後の光は妙にまぶしい。道のあちこちに水溜まりが出来ていた。傘を差しているものは見ないが、旅のものは合羽を肩にかけたままだ。店先の暖簾《のれん》はじっとり湿っているのか、風に吹かれても動かない。

大師道の手前、久根崎の医王寺門前まで来たとき、音次郎は足を止めた。知った顔があったのだ。それは潮田の清蔵の家に行ったときに見た若い衆だった。

「どうしたんだ……」

お松が怪訝《けげん》そうな目を向けてくる。

音次郎は道の端に身を移して、男たちを観察した。知った男のそばに別の仲間が駆け寄ってきて、何やら耳打ちをして渡し場のほうへ歩いていった。

「渡船場には近寄らないほうがいいかもしれぬ」

「なぜだ？」

「清蔵一家の子分、たがねの重助というものらと、おまえを捜したことがあるんだ」

「やつらと……」

「だが、その重助らはおまえさんの手下に殺されてしまった。もし、その死体が見つかっていれば、おまえさんを血眼になって捜すだろう」

「おれの顔を知ってるものはいねえさ」

「……そうかもしれない。だが、おれは違う。清蔵はおれを知っている。しかも、たがねの重助らといっしょに動いていた。やつらの死体が見つかっていれば、おれの行方を追うだろう」

「それじゃ、あんたを……」

「そう考えてもいいかもしれぬ」

お松は周囲を見まわしてから、音次郎に顔を戻した。

「……六郷の渡し場がだめなら上がある。矢口の渡し場を使えばいい。ちょいと遠くなるだけさ」

矢口の渡し場は、六郷の渡船場から一里ほど上流にある。

お松は足取りも軽く宿場裏を抜けると、さっさと川沿いの土手道に出た。

昨夜、盗んだ金のことを聞いてみたが、お松は語らなかった。当然のことだろうが、もうこの宿場には用はないという口ぶりでもあった。ひょっとすると、金は江戸に隠しているのかもしれない。

河原には藪《やぶ》が繁茂していた。雨の降りやんだ束の間を楽しむように、燕《つばめ》たちが景色を切るように飛び交っていた。

「黒緒という通り名のことはさっき聞いたが、金松というのはどこからついたのだ？」

「爺さんがそうつけてくれただけさ。どうせ、金目当てに生きる稼業だ。お松に金をくっつけただけだろう」

そういって、お松は音次郎を見てきた。

「……あんたも金がほしいだろう。まともに生きていても金儲けなんかできねえしな。いいさ、おれを無事に江戸まで連れて行ってくれたら、酒手を弾んでやるよ。命も救ってもらったし。それでどうだい」

「ふん」

「なんだ、その面は」

お松は剃った眉を吊り上げ、目を険しくした。

「さもしいことを考えるものだ」

「なんだと……」

「おまえも、気づいているはずだ。人には金よりもっと大事なものがあるということを。酸いも甘いも散々舐めて生きてきたのならわかるはずだ」

「説教たれんじゃねえッ。……だが、なんだよ。その大事なものって……」

「胸に手をあててみればわかるはずだ」

「……なんだ、心か……」

音次郎は答えなかった。前方の土手に人影が見えたからである。それも長脇差しを差した男たちだ。潮田の清蔵一家なら面倒だ。

「お松、清蔵一家はおまえの顔を知らないはずだ。そのままおとなしく、女らしく歩け」

「やつらか……」

お松も前方の土手道からやってくる男たちに目を注いでいた。

互いの距離が詰まった。音次郎は編笠を深くした。そのとき、やってくる男たちのなかに清蔵がいるのを知った。仲間は四人だ。

「お松、まずいことになりそうだ。気をつけろ。清蔵がいる」

「……なに」

「黙って歩け」

子持縞《こもちじま》の渋い着流しに、絽《ろ》の羽織を着た清蔵は、肩で風を切って歩いてくる。音次郎は顔を下に向けて、すれ違った。一瞬、清蔵の鬢付け油の香が鼻孔をくすぐった。背中に強い視線を感じた。

「待ちな」

清蔵らとすれ違って、数間歩いたとき声がかけられた。音次郎は歩きつづけた。

「待てといってんだ！」

音次郎は足を止めた。振り返らずに、お松に先に行けと目顔でいい聞かせる。

「御浪人、どこへ行く？」

「先だ」

「おまえさん、ひょっとして……左次郎さんじゃねえか」

気づかれたか。音次郎が内心で舌打ちしたときは遅かった。駆けてくる足音が背中に迫り、鞘走《さやばし》る刀の音がした。音次郎は鯉口を切った。

「おとなしくしやがれッ」

男たちがいきなり斬りかかってきた。音次郎はぐっと腰を落とし、左足を軸に半回転しながら抜刀するや、ひとりの胸を横一文字に斬り抜いた。斬られた男は悲鳴を発しながら、土手下の藪に落ちた。ひそんでいた鳥たちが、驚いて空に舞った。

「野郎ッ！　やっぱりそうだったか。てめえ、裏切って重助らを！　かまうことはねえたたっ斬れ！」

怒鳴り声をあげた清蔵は、顔面を紅潮させ、腰の刀を抜いた。

「裏切ってなどおらぬ！」

「うるせえッ」

清蔵は鬼の形相で迫ってくる。ここでいくらいいわけをしてもはじまらないだろう。それにお松のことが知れると具合が悪い。

「たあっ！」

横から撃ちかかってきた男がいた。音次郎は体をひねりながら刀の峰を返し、男の肩を撃ち叩いた。峰打ちである。そのまま下段青眼に構えたまま、水溜まりを避けて後ろに下がった。

「逃がしはしねえぜ」

「おぬしに恨みはない。だが、来れば斬る」

音次郎はそういいながら、さらに下がった。お松がどうするんだという顔をしていた。

清蔵を護衛するのはもう二人だけだ。その二人はすでに怖気《おじけ》づいていた。清蔵も苦渋の色を顔に浮かべ苛立《いらだ》っているが、どっちに分があるかわかったらしく、無闇に追ってこようとはしなかった。

「こっちだ」

音次郎はお松の手を引っ張ると、土手道を駆け下り、田圃の畦道に出た。背後で声がしていた。

「やつを見つけたことをみんなに知らせるんだ！　逃がすんじゃねえ！」

逃げる音次郎は二町ほど先にある雑木林をめざして駆けた。

「六郷を渡るのは無理だ。上の渡し場にもやつらの手がまわっているはずだ」

「なんで皆殺しにしなかった」

お松が口をとがらせて見てきた。

「無駄な殺生《せっしょう》になる」

「それで命が助からなかったら世話ねえや」

「いいから走れ」

音次郎は土手を振り返った。早くも六、七人の男の姿が見えた。

「何かいい知恵はないか？」

音次郎は小走りになりながら訊ねた。

「こうなったら奥の手を使うしかねえ」

お松はそんなことをいった。

第七章　相生橋

一

潮田の清蔵一家の追跡を振り切った音次郎とお松は、鶴見橋から四半里ほど下った御嶽《みたけ》神社のそばに来ていた。このあたりは漁師村で海が迫っている。

「奥の手というのはどういうことだ？」

音次郎は鈍色《にびいろ》の空の下に広がる暗い海を眺めて聞いた。大きくはないが牙《きば》のような白波が立っている。

「舟で江戸に行くんだ。六郷を渡ることができなきゃ、それしかねえ」

「海は荒れているぞ」

「そんなのかまうこたあねえさ。いいからついてきな」

音次郎は黙ってお松のあとに従った。海岸には陸のほうに傾いた老松林がある。砂と波除けになっているのだろう。林の向こうに、屋根に小石をのせた粗末な家が、肩を寄せ合うようにして建っていた。このあたりの漁師の家だ。

河口に雁木《がんぎ》があり、幾艘《いくそう》もの舟がつながれていた。

沖合の海では鯛《たい》や鱚《きす》、鯵《あじ》、鰯《いわし》、鰈《かれい》などがよくとれる。それらの魚は、漁師舟によって江戸に運ばれる。

お松が訪ねたのは雁木に近い番屋だった。番屋のなかでは、揃ったように頭に手拭いを巻いた男たちが、賽子賭博《さいころとばく》に興じていた。

「ちょいと頼みてえことがあるんだ」

戸口に立って伝法な口を利いたお松に、男たちが一斉に振り返った。

「なんでえ……」

「舟を出してくれねえか」

「馬鹿いうんじゃねえよ。こんな天気のときに舟なんか出せるか。寝言だったら他ですることだ」

男たちからくすくすした笑いが漏れた。

「金なら出す。ひとり頭五両。それでどうだ?」

博打に戻ろうとした男たちは、お松を見返した。五両といえば、一家五人が一月楽に暮らせる金だ。

「ひとり頭ってことは、何艘も出すってことか？」

「押送舟《おしおくりぶね》だ。江戸まで行ってもらう。ここがだめなら他をあたるだけだ」

お松が背を向けようとすると、ひとりの男が「待て」といって立ちあがった。

「八挺櫓《はっちょうろ》は漕げねえが。六人ならここにいる。それでいいか？」

「かまわねえ」

「金は前金で願うぜ」

お松は男たちに背を向けると、晒《さらし》に巻きつけていた金を抜き出した。全部で三十両。

「チッ。五両足りねえな。音次郎さん、持ってねえか。江戸に行ったらその場で返す」

音次郎は財布ごとお松に渡した。

男たちとの交渉は、あっけなく成立した。

お松が雇う「押送舟」とは、いわゆる高速船である。江戸の魚市場にはこの舟を使って、館山や三浦あたりからも魚が運ばれる。冷凍・冷蔵設備のない時代であるから、鮮魚の鮮度を保つためには、時間が勝負となる。

舟は波を乗り切るために舳先《へさき》が高くなっており、船体は長さに比して幅がない。片舷に四挺、両舷合わせて八挺、つまり八人で漕ぐのが八挺櫓である。雇った舟は八挺櫓であったが、船頭は六人である。

「荷はどこにある？」

「荷は、おれたち二人だけさ」

そっけなく答えたお松に船頭らはあきれ返ったが、荷がなけりゃ造作ないといって舟に乗り込んだ。

雁木を離れた舟は河口から海に出た。陸から見ればさほどではないが、実際海上に出ると、舟は波に揉まれるように揺れた。音次郎とお松は舟梁《ふなばり》にしがみついて、舟の揺れるのに身をまかせた。

舵を取るのは、船尾の櫓を操る船頭で、これには熟練のものがあたった。曇っている空から、ぽつぽつと雨が落ちてきた。それでも強い降りではない。

船頭らは駕籠《かご》かきのようなかけ声をあげて、櫓を漕ぎつづける。風が出てくると、中柱に帆を張り、風をうまく使って海を進んだ。

「これなら日暮れには江戸につけるはずだ」

お松がそんなことをいう。東海道を使うなら、川崎から品川まで二里半、日本橋まで四里半の距離である。海路もあまり変わらないはずだ。

お松は押送舟の行き先を、芝浜と告げていた。本芝一丁目から四丁目前の海が芝浜である。現在、そのあたりは東海道線や山手線、あるいは横須賀線などの線路が走っている。JR田町駅のすぐそばである。

やはり、押送舟は速かった。一刻（約二時間）ほどで芝浜に到着したのだ。もっとも音次郎もお松も大分波を被り、おまけに小さな粒雨に打たれていた。

浜に上がった二人は、往還を横切り、芝西応寺《さいおうじ》の門前町に入った。松平薩摩守《さつまのかみ》中屋敷裏であり、西応寺の裏でもあった。

西応寺は幕末に、オランダ公使館となるところである。そのあたりは鄙《ひな》びた町屋で、表通りほどの活気はない。それにもう夕暮れで、あたりはめっきり暗くなっている。

「どこへ行く？」

「隠れ家だ。それに金がいる」

お松は迷いもなく歩く。

「おまえはこの近くにある大月屋という米問屋を襲ったのではないか」

「それがどうした」

お松はにべもなくいう。

「舟もこのあたりで調達した。船頭も雇っている」

「そうさ」

「その船頭は用なしとばかりに殺してもいる」

「……金のためだ。しょうがねえだろう」

音次郎は少し前を歩く、お松をにらんだ。

この女はやはり生かしておくべきではないと思った。ねじれた心はもう戻ることはないだろう。人間の心を忘れた、ただの悪鬼でしかない。ここでねじ伏せてしまおうかと考えたが、お松が盗んだ金をどこに隠しているか聞きだす必要がある。おそらく強引な手段に出ても、お松は口を割らないだろう。

お松が連れて行ったのは、西応寺境内の立派な松の木が見える小さな一軒家だった。家は黒板塀で囲まれており、腕木門がついていた。どこかの分限者の屋敷ふうである。

門を入ると三十坪ほどの庭があり、片隅に築山が作られていたが、手入れはされていないようだ。戸口に立ったお松は、家のなかに声をかけた。

「宇平次《うへいじ》、いるのか？　おれだ。戻ってきたぜ」

返事はなかった。お松は戸口に手をかけて、戸を横に開いた。

「なんでえ、戸締まりもしねえで……しょうがねえやつだ」

お松はぶつぶつ文句をいって土間に足を差し入れたが、その瞬間、短いうめきを発して、跳ね飛ぶように後ろに戻り、尻餅をついた。

「なんだ、てめえ」

お松がわめくと、家のなかからひとりの男が、のそりと姿を現した。

二

お松は胸を斬られていた。顔をしかめ、黒緒の厚草鞋《あつわらじ》で地面を蹴って逃げようとするがうまくいかない。もちろん音次郎は黙って見ていたわけではない、お松を庇《かば》うように男の前に立ち塞《ふさ》がった。

「おまえは……」

安兵衛という男だ。お松の手下が喧嘩支度をしていた家で見、専念寺近くの土手道で一度剣を交えた男だ。

「てめえ、いったい何もんだ?」

安兵衛はずいっと、足を踏み出した。抜いた刀には、お松の血糊《ちのり》がついている。

「名乗るほどのものではない」

「音次郎さん、そいつは腕が立つ。気をつけるんだ」

お松が蹲《うずくま》ったまま忠告した。

「金はどこだ？　どこに隠してやがる。いずれこの家に来ると察しはついていたが、ここに隠しているのか？」

安兵衛は音次郎から目を離さず、お松に問いかけた。

「裏切り者に教えるわけにはいかねえ」

「裏切ったのはどっちだ？　辰造にそっと、足抜けしようって話を持ちかけたそうじゃねえか。そんな頭《かしら》がいるか。見下げたもんだ」

安兵衛はそれだけをいうと、音次郎を正面から見た。

「死にたくなかったらそこをどきやがれ」

「それはできぬ。お松の命はおれが預かっている」

「なにッ？」

安兵衛は逆八の字眉を吊り上げ、眉間に深いしわを彫った。炯々《けいけい》とした双眸《そうぼう》が薄闇のなかで光っている。

「お松を取りたかったらおれを倒したあとにすることだ」

「こしゃくな」

安兵衛はぐっと腰を落として、平青眼に構えた。

音次郎も静かに抜刀して、青眼に構えた。西応寺境内で鴉《からす》が鳴いていた。

安兵衛が左に動いた。音次郎は右足を前にし、左足の踵《かかと》をわずかにあげ、腹の底から静かに息を吐き出した。

安兵衛の剣先が、ぴくりと持ちあがった。同時に音次郎のこめかみが動いた。柄《つか》を握る手の力をゆるめ、また入れ直す。

なるほど、かなりできる男だとわかった。無闇に撃ち込んでこないし、隙を見せない。

「てめえ、なかなかじゃねえか。久しぶりに手応えのあるやつにお目にかかったってわけだ。おもしれえ」

安兵衛は舌なめずりをして、口の端に小さな笑みを浮かべた。

音次郎は黙したまま、安兵衛の目の動きを凝視する。

雨の粒が頬を叩いていた。柄が濡れて滑りやすくなっているので、音次郎はもう一度握り直した。じわじわと両者の間合いが詰まった。

安兵衛がじりっと、右の爪先を左右に動かした。地面の固さを調べる慎重さは並みではない。撃ち合いで、もっとも気をつけなければならないのが足場である。

互いの剣先が触れるか触れないかの間合いに入ったとき、音次郎が先に動いた。左足で地を蹴り、右足を前に滑らせながら、刀を横一文字に振ったのだ。すると、半歩身を引いた安兵衛が、縦真一文字に刀を振り下ろしてきた。

刃風がうなり、しとしと降りつづく雨粒が弾け飛ぶ。鈍い光を放つ刃は、音次郎の体紙一重《かみひとえ》のところをかすめた。すぐさま刀を返し、腰間からすくい上げてきた。

音次郎はその刀を右に弾いた。

ちーん！

耳障りな金属音が薄闇のなかに広がった。転瞬、音次郎は身を躍らせて、安兵衛の肩に一撃を浴びせた。だが、受けられてしまった。同時に、安兵衛は片手で、脇差しを抜き放つやいなや、それを音次郎の腹に突き出してきた。

音次郎はとっさに下がった。勢い余って板塀に背中をぶつける。その瞬間、安兵衛は地面に蹲っていたお松の肩に一撃を浴びせた。

「ぎゃあー！」

お松の悲痛な叫びが暗い空に響いた。

間髪を入れず、安兵衛が音次郎に吶喊《とっかん》してくる。

板塀に背中を預けた音次郎はぎりぎりまで、その突進を待った。つぎの一刀が勝負だと狙い定めたのだ。安兵衛は脇構えの体勢から、刀を袈裟懸けに振ってきた。音次郎は右肩を後ろに引くと同時に腰を沈め、そのまま左足を大きく踏み出して安兵衛の胴を抜いた。

鈍い音がした。たしかな手応え。そのまま二歩三歩と進み、さっと振り返った。

今度は、安兵衛が板塀に背中を預けていた。だが、ずるずると崩れるように沈み込み、膝を折った。

「くっ、き、きさ……」

口をゆがめて言葉を吐き出したが、そのまま安兵衛は横に倒れ、動かなくなった。

音次郎は刀についた血糊をふるい落とすと、お松に駆け寄った。肩と胸を斬られたお松の目から力が失せようとしている。

「しっかりしろ」

音次郎は家のなかにお松を運び入れると、急いで明かりをつけた。すると、そこにひとりの老爺《ろうや》の死体が転がっていた。さっき、お松が呼びかけた宇平次という男だろう。

「お、音次郎さん、かたじけえねえ。……お、おれはまたあんたに……」

「じっとしていろ。今、手当をしてやる」

音次郎はお松の肩口を止血するために、手拭いをくわえて引き裂いた。

「……ま、まさか……こんなことになるとは……」

音次郎はお松の肩に手拭いを巻いたが、おそらく無駄だろうと思った。出血がひどすぎるのだ。

「お松、盗んだ金はどこにやった」

音次郎は背中を抱え持つようにして聞いた。お松がふっと笑みを浮かべた。

「……やっぱ、あんたも……金が……」

「いいからいえ、どこにある？」

「いわねえよ。あれはおれが冥土《めいど》に持って行くんだ。三途の川の渡し賃もあるが……地獄の沙汰も金次第だというじゃねえか……」

「強がりをいうんじゃない」

「強がりなんか……」

お松は一瞬、顔をしかめたあとで言葉を足した。

「……じゃねえさ。おれは、とんだ浮き世の徒花《あだばな》さ。だけどせめてあの世で花を咲かせ……て、みたいんだ。……姉さんにも会えるかもしれね……」

お松はうつろな目を閉じた。

「お松、しっかりしろ。盗んだ金の在処《ありか》を教えるんだ」

一度閉じた目をお松は開けた。顔から血の気がなくなっている。

「音、次郎さん……お、おれ、あんたみたいな……人と、早くに知り合って……」

お松はそこまでいって、がっくり首をうなだれた。

音次郎は静かにお松の体を横たえてやった。

どうにも始末に負えない女ではあったが、なぜかむなしい風が心のなかを吹き抜けていった。深いため息をついた音次郎は、ゆっくり立ちあがった。

三

芝金杉通四丁目、芝橋に近い「たぬ公」という一膳飯屋に入った音次郎は、一筆したためた書き付けを、店の小女に持たせて、牢屋敷前の叶屋という差入屋に走らせていた。

吉蔵との連絡はそれでつくはずだが、すぐというわけにはいかないだろう。その間に亀戸村の家に戻れないものかと考えたが、そんな手抜きはできないと、すぐにあきらめた。それに音次郎にはやり残していることがあった。

店は一膳飯屋であるが、夜は酒肴《しゅこう》の提供が多いらしく、客の誰もが酒を飲んでいる。町人や職人の姿もあるが、近くには大名屋敷や武家屋敷も多いので、侍の姿も見られる。

十六畳大の入れ込みは八割方埋まっており、土間に置かれた縁台にも空きがなかった。店の女が器用に客の間を抜けて、酒を運び、空いた器を下げていた。ともかく店のなかは人の話し声で喧噪に包まれていた。

音次郎は櫺子格子《れんじごうし》の外を眺めた。雨はしとしとと、降りつづいている。八十両の金ほしさに、粂市から借用証文を盗んだ小八郎のことを考えた。盗みはいただけないが、殺しの罪をなすりつけられ、牢屋敷に送り込まれた不運な太鼓持ちだ。だが、黒緒の金松の名を口にしたことで、無罪放免になった。

欲を出さなければ、今も生きていられたかもしれない男だ。垂れ目の瓢簞顔《ひょうたんがお》をした、いかにも太鼓持ちらしい小八郎の顔が脳裏に浮かんで消えた。それから、手下に殺されてしまったお松こと〝黒緒の金松〟の生意気面を思い出した。

お松には慕っている人間がいた。お松が唯一この世で心を許せた姉の粂市である。また、粂市が惜しげもなくお松に大金を渡しているのは、それだけ妹思いだったからであろう。

だが、二人の生きる道は大きく違っていた。それは運命の悪戯《いたずら》なのか、宿命だったのか音次郎にはわからない。ひとりは悪の道に、ひとりはまわりのものを大切にして、けなげに生きる芸者に……。

音次郎は姉妹の恨みを晴らしてやろうと考えていた。下手人はわかっている。罪もない善良な芸者を殺したのは信三郎に間違いないだろう。

「うるさい！」

突然の声で、音次郎は我に返った。

すぐそばに酒に酔った町方がいた。心配顔でそばに付き添っているのは、小者だろう。

「旦那、もうそれくらいにしておきましょうよ」

「かまうな、帰りたかったら先に帰るがいい」

「旦那、駕籠を呼びますから。ねえ、それくらいにしておいたほうが体のためです。御新造さんも心配なさってますよ」

町方は体を左右に揺らし、とろんとした目で平五という小者をにらんだ。

「おれが、こんなに手こずるのは百年にいっぺんだ。いくら調べてもわからねえ。え、ひっく、おまえはどう思うよ。答えてみやがれ」

「旦那、もうそのくらいに、そのくらいに……」

小者の平五は心底弱り切った顔をしていた。

そのとき、ぴかっと稲妻が走り、店のなかがまばゆい閃光《せんこう》に包まれた。

湯呑みのなかの酒が、稲光を照り返した。

きぬは酒に口をつけようとしたところで、表に目を向けた。一枚だけ開けてある雨戸の向こうに見える漆黒の夜空に、白銀色《しろがねいろ》の亀裂が走った。雷鳴は小さくしか聞こえない。

旦那さんは今日も帰ってこなかった。

今日あたり帰ってくるのではないかと、あわい期待をしていたが、それも裏切られた。吉蔵はそう遠くに行っているわけではないから、今日明日にも帰ってくるはずだといったが、あれは単なる気休めだったのだろう……。

寝付きがよくないので、思い切って酒を飲もうとしたのだが、稲妻を見てその気が失せてしまった。

きぬは縁側に行き、表を眺めた。星も何も見えない、暗い闇が広がっている。あわい行灯の光に、そぼ降る雨の筋が見える。

旦那さんが無事でありますように……。どうかこの家に旦那さんを帰してください。

きぬは稲妻の消えた空を祈るように仰ぎ見、静かに雨戸を閉めた。

四

両国広小路を抜け、浅草橋を渡ったところで、祖父の吉右衛門が声をかけてきた。

「晋一郎、いかがした。さっきから黙り込んだままで……」

浜西晋一郎は横を歩く祖父を見た。

「考えているのです」

「何をだ？」

「……やはり、佐久間は死罪になっているのではないでしょうか」

「おまえはまたそんなことを……」

怒気を含んだ吉右衛門の顔は、近くの提灯の明かりに染められていた。

「毎日のように捜しているのです。人相書きも配ってあります。それなのに、佐久間のことはいっこうにわかりません」

「手がかりはいずれつかめる」

晋一郎は肩を落として、足許に視線を落とした。水溜まりに片足を突っ込んでいた。

「あきらめたら、何事もそれで終わりだ。あきらめぬことだ。佐久間はわしの倅《せがれ》を殺した敵《かたき》だ。晋一郎にとっては父を殺した敵だ。それを忘れてはならぬ」

「……もちろん、忘れるはずがありません」

「だったらわしのいうことを聞くのだ」

「……はい」

晋一郎は小さく返事をして歩きだした。雨は弱くなっており、傘にあたる音もしなくなっていた。

「お祖父《じい》さん、ひとつ聞いてよろしいですか」

「なんだ？」

「わたしとお祖父さんで、佐久間を討てるでしょうか……」

「うっ、それは……」

佐久間は東軍流の達人だと聞いていたが、晋一郎が通っている阿部道場でも、佐久間のことを耳にした。

「あの男は、おそらく幕府内でも五本の指に入るほどの腕を持っていた。先生も、佐久間と立ち合われたことがある」

そういったのは阿部道場の兄弟子だった。彼が先生というのは、道場主の阿部宗勝《あべむねかつ》のことだった。

「先生が佐久間と……それでどうなったのです？」

晋一郎は目を輝かせて聞いた。兄弟子は苦虫を嚙みつぶしたような顔で答えた。

「三度立ち合って、先生は三度とも負けられてしまった」

「先生が……」

晋一郎は啞然《あぜん》となった。道場主の阿部宗勝は、晋一郎にとって雲の上の存在で、剣術家としても人間としても尊敬してやまぬ人である。そんな人が、佐久間に勝てなかったと知って、何だかがっかりした。

「お祖父さん、どうされました？　わたしたち二人で佐久間を討てると思いますか？」

晋一郎と吉右衛門は、御米蔵前の通りを歩いていた。左側は町屋になっており、にぎやかな料理屋の明かりが通りにこぼれているが、右側には長い蔵の壁がつづいている。

「……討たねばならぬのだ」

吉右衛門はしわがれた声でいって、言葉を足した。

「たとえ刺し違えても敵は討たねばならぬ」

吉右衛門はそういって口を引き結んだ。

「……佐久間が見つからなかったら。ほんとに佐久間が死罪になってしまっていたのなら、わたしたちのやっていることは無駄になります」

「晋一郎ッ！」

いつにない祖父の荒々しい声に、晋一郎はびくっと足を止めた。吉右衛門がぎらぎらと目を光らせてにらんできた。

「弱音を吐いてはいかぬ。やつを見つけるまで、いや何としてでも見つけ出してやつを成敗しなければならぬのだ」

「だったら、佐久間がほんとに生きているかどうか、もう一度調べるべきではありませんか。生きているのか死んでいるのかよくわからない男を、いつまで捜しても無駄ではありませんか。死罪になっていないと、はっきりしているのなら……」

「晋一郎……」

「お祖父さんは、佐久間が生きていると思い込んでいるだけかもしれない」

晋一郎はそういうと、雨のなかを駆けだした。後ろから吉右衛門の声が追いかけてきたが、振り返らなかった。

飛び込むように家のなかに入った晋一郎は、肩で荒い息をしながら乱暴に戸を閉めた。居間で繕《つくろ》い物をしていた母の弓が驚いたように振り返った。

「いったいどうしたのです。ずいぶん遅かったではありませんか」

「お祖父さんと佐久間を捜していたんだ。だけど……」

「だけど何です？」

「お祖父さんは思い違いをしているのかもしれない」

晋一郎はそういって、さっき吉右衛門とやり取りしたことを話して聞かせた。

弓はふうと、小さなため息をついただけだった。

晋一郎は足を拭《ふ》いて居間にあがると、母に詰め寄るようにして座った。

「母上、今日、父上がいた同じ徒組の笹岡さんという人にあることを聞きました」

「何を……」

「先日、お祖父さんが話された伊沢さんが、佐久間の御新造さんと子供を殺した張本人だったのではないかということです」

弓は黙って耳を傾けていた。

「もし、そうだったなら佐久間がすべて悪いわけではないのではないかと、笹岡さんはおっしゃいました。母上、わたしは何だかわからなくなりました」

「晋一郎……」

弓は静かな口調でいって、晋一郎を穏やかな顔で見つめた。

「わたしもおまえがお祖父さんにいったことはわかります。また、笹岡さんがおっしゃったことが本当だったとしても、佐久間は自分の妻や子を殺したのが誰であるか、よく調べもせずおまえの父を殺した男です。それだけは曲げることのできない事実です」

「…………」

「たとえ佐久間が死んでいたとしても、それを忘れてはなりませぬ。わかりますね」

晋一郎はゆっくりうなずいた。

「そこでひとついえることがあります。人の噂《うわさ》や、不確かな話に心を惑わされてはいけないということです。真実を見極める目を持つことです」

晋一郎は、母が祖父を遠回しに非難しているのではないかと思った。

「よいですか、晋一郎。自分の目で真実を見極めるのです」

「自分の目で……」

「そうです」

晋一郎はどこか遠くを見る目になって、祖父を頼らず佐久間音次郎のことを、もう一度調べ直そうと心に誓った。

五

音次郎の待つ「たぬ公」に吉蔵がやってきたのは、客がひとりまたひとりと帰り、店のものたちが店仕舞いに取りかかった頃だった。

「遅かったな」

「お待ちになりましたか」

「いや、よい。それで黒緒の金松は見つけた」

吉蔵の蝦蟇《がま》のような目が光った。

「それで、いかがされました？」

「やつは仲間に斬られた。その死体は近くにある。これから案内する道すがら、詳しいことを話そう」

音次郎は店のものに勘定を頼んだ。

表に出ると、雨はさっきよりさらに弱くなっていた。人通りはすっかり絶えている。

音次郎が歩きだすと、吉蔵が提灯をさしかけて足許を照らしてくれた。西応寺裏の家に向かう間、小八郎と川崎宿に入ってからのことをかいつまんで話した。

すべてを聞き終えた吉蔵は、

「……女」

と、黒緒の金松が女だったことに驚きを隠しきれない顔をした。

「もっと早く縄にかけるべきだったろうが、金の隠し場を知るべきだと思い、江戸に戻ってきたが、まさか待ち伏せがあるとは思いもよらぬことだった」

「……それで、金の在処はわかったんですか？」

「聞くことはできなかった。だが、これから行く家のどこかにあるかもしれぬ。お松は、逃げた川崎宿で手下に金を分けているが、残りの金がある。それにやつは手下といっしょに江戸から逃げたのではなく、大月屋を襲った翌日に仲間と落ち合っている」

これは押送舟のなかで、直接お松から聞いたことだった。

「手下の分け前を除いた金は、これから行く家のどこかに隠されているかもしれない」

「それじゃ調べてみましょう」

間もなく二人は、西応寺裏の家についた。

吉蔵は庭に倒れている安兵衛を、何の感慨もない目で見て、家のなかに入った。

お松の死体は、さっきのまま居間に横たわっていた。

「これが、黒緒の金松……」

吉蔵が提灯をかざしてお松をのぞき込んだ。

その死に顔はいたって穏やかに見えた。

「死体はどうする？」

「ここに置いておくわけにはいきません。人足を呼んでひとまず、牢屋敷に運ぶことにします」

「その手配りは？」

「あっしのほうでやりますからご心配なく」

「それじゃ、あとのことは頼めるか……」

吉蔵が見てきた。

また雨が強くなったらしく、庇を叩く音が聞こえてきた。

「何かあるんですね」

「粂市の敵を討つ」

「……旦那も律儀な方だ」

吉蔵はあきれたように首を振ったが、

「それが旦那のいいところなんでしょうが……」

と、家のなかにある燭台に火をつけた。

「吉蔵、囚獄によろしく伝えてくれ」

「へい、詳しく話しておきますが、囚獄がじかに聞きたいとおっしゃるかもしれません」

「望まれるならそうする。それじゃ……」

「待ってください。雨が強くなったようです。傘を……」

吉蔵は身軽に土間に下りて、傘を差し出した。

「おまえは……」

「あっしのことはおかまいなく。それからこれを……」

吉蔵はそういって提灯も音次郎に渡した。

「すまぬ」

音次郎は礼をいって表に出た。

夜のせいなのか、雨のせいなのか、涼気が強くなっていた。

深編笠を首の後ろにまわした音次郎は、片手で傘を差し、片手に提灯を持って足を急がせた。すでに夜四つ（午後十時）を過ぎている。往還に人の姿は見られない。町屋の料理屋も提灯を消し、行灯を消しているところが多い。

京橋を過ぎると、八丁堀の屋敷地を抜け、永代橋を渡って深川に入った。

さらに夜の闇は濃くなっていた。この時刻であるから、信三郎は家に帰っていてもおかしくなかった。

音次郎は町屋の屋根や地面を叩く雨音を聞きながら、深川万年町一丁目の庄兵衛店《しょうべえだな》に入った。路地は暗く静かである。野良猫一匹すら見ない。

長屋の連中はすでに寝静まっており、木戸番の番太も舟を漕いでいた。

信三郎の家の前に立つと、傘をたたんで、戸を小さく叩き、声をかけた。家のなかに明かりはない。待ってみたが返事はなかった。

もう一度同じことをしたが、やはり無言である。五感を研ぎすませて、家のなかに神気をはたらかせたが、人の気配が感じられない。

まだ、帰っていないのか……。

音次郎は木戸口を振り返った。いずれにしてもこんな夜更けに長屋で騒ぎを起こすことはできない。帰っていなければ、かえって都合がいいと思い、長屋を出て相生橋《あいおいばし》のそばで待つことにした。

仙台堀の入り堀である富岡川に架けられている相生橋は、幅八尺、長さ七間のわりと小振りの橋だ。その橋は雨の降る闇のなかに、わずかに象《かたど》られている。見分けることができるようになったのは、それだけ音次郎の目が夜闇に慣れてきたからだ。

そこに立って小半刻もしなかっただろう、富岡川の向こう岸に、ぽっと提灯の明かりが見え、それが相生橋のほうに近づいてくる。

川のこちら側には、松平和泉守《いずみのかみ》（三河西尾藩）下屋敷があるので、通ることはできない。提灯は信三郎のものと考えてもおかしくなかった。居候の箱持ちがもうひとりいるはずだが、その姿は見えない。

提灯はやはり相生橋を渡ってきた。音次郎は深編笠を被り直して、雨をよけていた軒下から抜け出し、提灯を持ってやってくる男の前に立った。

男はぎょっと、足を止め、提灯をかざした。

「誰だ？」

「やはり、おぬしか……」

「なんだ、おめえは？」

信三郎は提灯をかざしながら、深編笠に隠れている音次郎の顔を見ようとするが、わからないようだ。

「粂市を殺したのは、おぬしだな」

「……なに」

「おまえは大蛇の久兵衛の子分だった。その親分をお松という女に殺された」

「な、なんでそれを……」

信三郎の端整な顔が驚きの表情に変わった。

「おまえはお松が久兵衛を殺したのを知っていたのか？」

「知るも知らねえも、あの女以外に考えられねえさ」

「だから粂市を殺してお松をおびき出そうとした。そうだな……」

「おい、おめえはいったい何もんだ」

「どうなのだ？」

「ああ、そうさ。お松に姉がいるってことは昔から知っていたよ、それが深川芸者の粂市ってことも な。お松は大事な親分を殺したとんでもねえアマだ。だから、おれはお松を捜すために粂市に近づいたのさ」

「だが、なかなかお松は現れなかった」

「そういうこった。だから、今あんたがいったように頭をめぐらしたのさ」

「善良なる粂市には、殺されることわりは何らなかった」

「こんな夜更けに四の五のと、いってえあんたは誰だ？」

「おまえのような虫けらに名乗るようなものではない」

「なんだと、ふざけたことを……」

信三郎は提灯を音次郎に投げつけた。雨中を飛んでくる提灯がぼっと燃えあがって、地面に落ちた。同時に、懐から匕首を抜いた信三郎が躍りかかってきた。

音次郎はひとつも慌てず、左足を半歩引くなり、刀を一閃《いっせん》させた。

肉を叩く音。悲鳴とも、驚きともとれる、短いうめき。

左脇腹から右肩にかけて斬り抜かれた信三郎は、よろめきながら橋の欄干にもたれた。

「おめえ、は、いったい……」

そのまま信三郎は仰向けに倒れた。

斬られてはだけた胸を、燃えあがる提灯の明かりが照らした。そこにはお松のものより小振りな大蛇の彫り物があったが、刀傷が大蛇の首を切断していた。

かすかに息のある信三郎の口がわずかに動いた。

「……だ、誰なん……」

「知りたければ教えてやる。悪鬼魔道の冥府より遣わされしもの……」

音次郎は懐紙で刀にぬぐいをかけると、鞘に納め、そのまま何事もなかったように闇のなかに姿を消していった。

六

昨日までの雨が嘘だったように、その日はからっと晴れていた。空はどこまでも青く、雲ひとつ見られなかった。

手拭いを姉さん被りにしたきぬは、いつになく楽しげであった。たまっていた洗濯をして、縁側に布団を干し、梅雨前に漬けた梅の天日干しにかかった。

久しぶりにくつろいでいる音次郎は、こまめに立ち働くきぬの姿に、微笑《ほほえ》ましい眼差しを向けていた。

「さあ、これで今年の暮れには、おいしい梅干しの出来上がりです」

梅の天日干しを終えたきぬが、前垂れで手を拭きながら音次郎を振り返った。その顔が日の光にまぶしかった。

「お茶でも淹れましょうか……」

「そうしてくれるか」

「それではすぐに」

きぬは軽やかな足取りで台所に向かった。

音次郎は青い空を仰いだ。裏の林で蟬《せみ》たちが鳴き騒いでいた。

もうすっかり夏の陽気である。

しばらくして、きぬが茶を運んできた。茶請けに沢庵も添えてあった。

「天気がよくなると、気分も晴れるものだな」

「蟬たちも楽しそうに鳴いております」

きぬはにこにこしながらいう。

「今日はやけに、きぬの機嫌もよさそうだ」

音次郎は茶を含んだ。

「ええ、そりゃもう……」

「なんだい？」

きぬはにっこり微笑んで、肩をすくめただけだった。

「留守中は何もなかったか？」

「とくには……」

と、いいかけたきぬの顔がわずかに曇った。

「どうした?」

「そういえば、気になることがありました」

「どんなことだ」

きぬはしばし躊躇《ためら》ったのちに、

「人相書きを持って旦那さんを捜している御武家の子に会ったんです」

といった。

「おれの人相書きを……それでその子の名は?」

「浜西晋一郎と名乗りました」

「なに……」

音次郎は遠くを見た。

「その子は、旦那さんが生きていると信じているようなことをいいました」

音次郎はきぬに顔を戻した。

「だから捜していると申したのか」

きぬはうなずいた。

音次郎はため息をついて、首を振った。

どうして吉左衛門の子が、そんなことを？　自分はすでに死んだことになっているはずだ。それなのに、晋一郎が自分を捜しているという。知っているものに見られた覚えはない。だが、絶対にないとはいいきれない。

「きぬはその人相書きを見たのか？」

「はい。見せてもらいました」

「……それで、どこで会った？」

「旅所橋の手前です」

「すぐ近くではないか……」

「また、会ったらどうしましょう」

「知らぬ存ぜぬを通せばいい。それにしてもなぜ、そんなことを……」

湯呑みを握りしめる音次郎は、晋一郎のことを思った。

自分はあの子の目の前で、実の父親を斬り殺している。恨まれるのは仕方ないが、死罪になっている自分をなぜ捜しているのかがよくわからない。ともかく、これからは以前に増して気をつけなければならないということだ。

「きぬ、昼飯を食ったら釣りにでも行くか」

気を取り直したようにいうと、きぬの顔が弾けた。

七

お松こと〝黒緒の金松〟の首が、日本橋南詰めに晒されたのは、お松が安兵衛に殺されて二日目の朝だった。

太縄で囲まれた晒場の前には、物見高い江戸のものたちが群がって、顔をしかめたり、怖気を震っていた。しかし、江戸に悪名をとどろかせ、市民を震撼《しんかん》させた凶賊が女だと知ると、誰しもが驚きを隠せず、ぼそぼそと声を交わし合っていた。

お松の首は、台に乗せられていた。かっと見開かれた目は膜《まく》を張ったように濁っており、尼僧のように剃髪した頭にも生前の艶はなかった。

ただ、いまだに世を恨むように、あるいは首を斬られたときの痛みを、見るものに感じさせるように口をねじ曲げていた。

首の横には捨札があり、それに罪状がしたためられていた。

その晒場の近くに、ひとりの男がぼんやりした顔で佇《たたず》んでいた。絽の黒羽織に地肌の見える髪を小銀杏《こいちょう》に結った南町奉行所定町廻り同心・清村甚兵衛だった。

甚兵衛はもうそこに半刻は立っているだろうか。大きく禿げ上がった額には、小さな汗の粒が浮いていた。

甚兵衛は空から声を降らす鳶《とび》を仰ぎ見、もう一度晒し首に目を向けた。

「……手柄にはできなかったが……くそ、ついていないときはついていないものだ」

ぼやきを漏らし、やれやれと首を振った甚兵衛は、とがった顎《あご》をつるりと撫《な》で、扇子を開いて晒場をあとにした。

音次郎と吉蔵が、その甚兵衛と入れ替わるように晒場の前にやってきた。例によって音次郎は深編笠を被っている。その編笠のなかから、じっとお松を見つめた。

――ともあれ、おまえの敵は討っておいた。再び生まれることがあるなら、仏のような女に生まれることだ。

音次郎はそんなことを心中でつぶやいた。

「晒されるのは今日一日だけだといいます」

「この陽気だからな」

音次郎は吉蔵に応じた。冬場ならともかく、夏場の死体の腐敗は早い。現にお松の首には、蝿がたかりはじめていた。

「それで金は見つかったのか？」

晒場をあとにした音次郎は、日本橋を渡りながら聞いた。

「へえ、旦那がいったようにあの家で見つけました。床下に甕《かめ》が三つ埋めてありまして、それに二千両近い金が隠されてました」

「それはまたずいぶん溜め込んでいたものだ」

音次郎は驚かずにはいられなかった。

「へえ、あっしもあれには腰を抜かしそうになりました」

「それでその金はどうなった？」

「囚獄の手から町奉行に渡され、黒緒の金松の被害にあった店に、相応に返されるとのことです」

「そうか。……それで、お松は誰の手によって召し捕られたことになっている」

「今月は北町が当番月ですので、北の御番所の手によって捕らえたことになっていいます」

「なるほど、そうであったか……」

「ともかくこれで一件落着です。近いうちに囚獄が会いたいと申されておりました」

「それはまた、新たな沙汰が下りるということか……」

「それは、あっしにはわかりません」

音次郎は黙り込んで歩いた。

江戸の町は平穏だった。梅雨明けもあるのだろうが、町のものたちの顔はいつになく明るく見えた。

遠くを見る音次郎は、きぬの笑顔を瞼《まぶた》の裏に浮かべた。いずれ自分には新たな沙汰が下りる。それは明日かもしれない。しかし、束の間ではあろうが、きぬといっしょにいられる短いひとときを大切にしようと思った。

町のあちこちで蟬たちが鳴き騒いでいた。遠くの空には大きな入道雲が見られた。

江戸の夏はこれからである。

本書は2007年11月徳間文庫として刊行されたものの新装版です。

徳間文庫

問答無用

鬼《おに》は徒花《あだばな》

〈新装版〉

2019年4月15日 初刷

著者 稲《いな》葉《ば》稔《みのる》

発行者 平野健一

発行所 株式会社徳間書店

東京都品川区上大崎三―一―一
目黒セントラルスクエア 〒141―8202

電話 編集〇三(五四〇三)四三四九
販売〇四九(二九三)五五二一

振替 〇〇一四〇―〇―四四三九二

印刷
製本 大日本印刷株式会社

ISBN978-4-19-894455-1 (乱丁、落丁本はお取りかえいたします)

徳間文庫の好評既刊

稲葉　稔

さばけ医龍安江戸日記

侍の娘

書下し

貧者に癒《いや》し、外道に剣。「明神の龍」と慕われる町医者・菊《きく》島《しま》龍《りょう》安《あん》のもとに依頼があった。「何も聞かず、ある女性を診てほしい」。謎の浪人・岡野伊右衛門に連れられて本所近くの陋屋《ろうおく》を訪れた龍安は、病に臥《ふ》した娘の高貴な美しさに胸を打たれる。娘の名は佐和。彼女は言う。「私は生まれたときから殺されるかもしれない運命にあるのです」。刺客に狙われ続ける娘の命を、龍安は救えるか——？